南漂

唐攀 著

南方日报出版社
NANFANG DAILY PRESS

中国·广州

图书在版编目（CIP）数据

南漂 / 唐攀著. -- 广州 : 南方日报出版社,
2018.8
ISBN 978-7-5491-1841-0

Ⅰ. ①南… Ⅱ. ①唐… Ⅲ. ①散文集－中国－当代
Ⅳ. ①I267

中国版本图书馆 CIP 数据核字(2018)第 179909 号

NANPIAO
南　漂

著　　者：唐　攀
出版发行：南方日报出版社
地　　址：广州市广州大道中 289 号
责任编辑：刘志一
　　　　　李　沁
装帧设计：邓晓童
责任校对：阮昌汉
责任技编：王　兰
经　　销：全国新华书店
印　　刷：广州市尚铭印刷有限公司
开　　本：889mm×1194mm　1/32
印　　张：7
字　　数：100 千字
版　　次：2018 年 8 月第 1 版
印　　次：2018 年 8 月第 1 次印刷
定　　价：30.00 元

投稿热线：（020）87373998-0503　读者热线：（020）87373998-0502

深谙世故，怀抱天真
尽管老练，也还腼腆
虽然沧桑，任性如故
亦如深海，亦如浅溪
无论置身花团锦簇
还是在市井间流离挣扎
无论海阔天空
还是命运逼仄
做自己

谨以此书献给我的奶奶李翠姣

序　南漂

洞庭秋水砚池波，拿过君山当墨磨。

宝塔倒悬权作笔，苍天能写几行多。

百年之前，曾国藩、左宗棠、胡林翼、彭玉麟畅游洞庭湖，各吟七字，联成一绝，豪爽冲天，霸气侧露。

每一个湖南人，心里或有一个属于自己的洞庭。

这样的江湖，这里的传说，不禁激荡出风骚文气、孤愤心气和南楚霸气。唯有洞庭，苍茫如幕，声若雷吼，养育一方人格。

年少喜好诗词，偶有心情凭寄，谱一阕《沁园春》——

天下洞庭，长空寥廓，大地玄黄。看洪波万顷，北通巫峡；苍山千里，南极潇湘。坝固金汤，楼生春笋，万象镶成一画廊。登高处，念乐忧二字，励尔肝肠……

对湖南人而言，有两种chū hú之说：一曰“出壶”，喝酒的礼节，将壶中最后那点儿酒给尊贵的客人满上；一曰“出湖”，在没有航空、高铁和互联网的日子里，客寄水路北上，如守业者曾涤生，或创业者毛润之，为百年来“湖湘成功学”标本。

这个出湖的意思，正是今人所说的北漂。

我于2001年离湘，出湖入京，北漂16年之久。无奈雾霾锁国，新闻凋零，亲人隔远，于是将出发地改为长沙，在北京、长沙两地奔波，恰巧重逢当年水校的师弟唐攀。

2004年5月，我由京入湘首发嘉禾拆迁事件，震惊全国，成为新闻生涯的一个起点和亮点。唐攀正是嘉禾人士，记得那年首轮报道之后潜入故地暗访，随行者还有他歃血为盟的洞庭湖畔同学王铭，而唐攀当时已经南下东莞，我们只能在电话中匆匆叙旧。

兄弟三人再次叙酒，从星城的黄土岭切换到杜甫江阁，同桌特邀水校的两位恩师龚少柳、廖杰。我们基本都属于被父母设定人生轨迹，因两位恩师的指引以及对不断试错的无限宽容，从枯燥的水利专业并行出一条文字之路，从而完成年少的第一次越轨，为未来争取到更多选择的可能。

唐攀低我两届，平生自述：“未及弱冠，只身南下，十几年来在南方无数的工厂与工地务工，漂泊半生，遇见过无数背井离乡的人，在他们身上，见过迷茫惶恐、失落彷徨，见过流离苦楚、沉沦绝望，见过顽强挣扎、执着坚韧，见过温暖感念、奋发如歌……见过无数的卑微困顿，也见过无数的山野传奇；在他们之中，看见这个时代，也在他们之中，看见自己。”

我们同为中专学历起步，后来各有新攀。我十余年专职做一个新闻民工，历尽世道冷暖，记录时代艰辛。他更是待过流水线，做过测量，当过工长，干过包工头，开过小店，做过审计，跑过运输……却有心愿，遂成此书。

比较而言，湘人南下大军要远大于北漂一族，尤其是制造业盛极之时，广深两地聚集的湘人当以千万计，年关返乡蔚为壮观。

不过，出湖的北漂湘人，要比南下大军拥有更多话语权，而这恰恰是唐攀此书的价值，南下漂泊16年，书里的每一个故事，都是他的亲历体验。那是他以及无数异乡人的漂泊现场，在大时代的洪流里，这些背井离乡的叙述，使人感怀，令人动容，让我们清晰看见社会变迁浪潮中无数小水滴的起伏形态，这是诸多宏大叙事难以触及的，这是个体生命对社会变迁的直观体验，是社会参与者对时代的理解及其自我表达。

唐攀的文字，干净、朴素、真实，比起八股歌颂和小资呻吟更能直触人心。多年漂泊风尘、岁月洗礼，当初那个高高默立的南方少年，如今已为人父，蓄满了胡须，但说起话来，依稀还见当年那份腼腆，未曾忘却我们年少时的那份情怀。

如此心愿，终得南方大院刘志一老师相助，我的两本书《递罪》《高官反腐录》均由其主刀编辑，感激不尽。唐攀此书付梓之际，各类书名不合，我有一念，建议取名《南漂》，也算是我们兄弟命运的一个呼应。

湖南古为蛮夷之地，后来成了革命圣地，带着强烈狭隘的地域个性。只要能走出洞庭，走着走着，就走出原有的思想之湖、文化之湖。回望百年中国，洞庭湖的每一滴水都有可能湿透历史的书卷，而我们的每一步行走，都是对书卷的丈量和拓新，当然，也有一种“苍天能写几行多”的遗憾。

（罗昌平，20世纪80年代人，著有《递罪》《高官反腐录》，现为法网Fafv.com总编辑）

自序

他们往哪里去

一

对南方最初的印象，源于家里的一张老照片，父亲站在人来人往的街头，满脸拘谨的笑，照片背景是一些低矮的平房，有一道大门边上，挂着写有“大朗工业部”的牌子。那是1990年的夏天，因为生意失败，万般无奈之下，父亲选择了背井离乡南下打工。那一年我9岁，已经清楚地知道，我的爸爸到南方打工去了，那里很远很远。十几年后，父亲跟我说，他当时在东莞大朗镇华昌玩具厂做推浆上料工，平时几乎都不花钱，每个月领了薪水，身上留点以备急用，其余的都存着，几乎没有任何业余活动，也不去外面玩，最初半年，甚至都没走出过大朗镇。他说挂念着一家老小，心里只想着多挣点钱，好好留着带回家。

二

20年后，我在东莞，在建筑公司或是工厂里，变换不定辗转来回地换着工作，丝毫谈不上稳定，但我会去西餐厅消费，会去KTV，会去逛逛东莞所有值得一看的景点，会舍得花一两个月的薪水买苹果笔记本，甚至宁愿背负沉重的房贷，也要在这里买房安家。我身边几乎所有的朋友，都是和我一样80后、90后的外来务工人员，他们中很多人根本未曾下过农田，习惯了城市生活，偶尔回乡，甚至已经无法适应农村里黑灯瞎火的夜晚。是的，我们成长在一个色彩斑斓的时代，我们对人生的期望和追求与父辈截然不同，我们已经不只是想着挣点钱回家用，我们更有个性更自我，也更有权利意识，遇到不公平的待遇，我们不会忍气吞声、逆来顺受。我们接受了城市的消费理念及价值观，我们想在城市扎根，在这里实现自己的人生价值。不论出身多么贫寒，依赖自己劳作而对更美好生活的向往并没有错，理所应当的，也应该受到所有人的尊重。

三

据说全国总计有2.7亿农民工，占总人口数的五分之一，每年的春运，堪称人类史上最大的临时性人口迁移，而其中的绝大部分都是外出务工人员。这些正当壮年的劳动力，把一家老小留在农村，长年累月在城市劳作，每逢年关，对他们而言，农村才是始终要回去的家。尽管他们建设了城市，在这里挥洒下青春年华和辛勤汗水，但他们中的绝大多数人，始终只是城市的过客。他们在城市里干最苦最累的活，领着最低的薪水；他们穿着最廉价的地摊货，生产着最昂贵的世界品牌；他们每天照顾雇主的孩子，自己的儿女却一年才能见上一回；他们建设了城市的每一幢高楼大厦，自己在城市却没有立锥之地。

距离1990年二十多年后，我陪父亲去过一趟大朗。他一再感叹变化翻天覆地、已经丝毫看不见当年的痕迹。我站在感慨万分的父亲身旁，不由得想，东莞以及无数座改革开放后以类似模式发展起来的城市，使得中国制造全球流行，成为世界工厂。而这几十年来，正是无数像我父亲这样的外来农民工，作为基石，承载了这些城市的崛起。

四

27年前，父亲在大朗的工厂里，业余时间他几乎不离开厂区，看见人多的地方更是躲着走，从来不去凑热闹。他告诉我说，孤身在外，实在害怕摊上点什么事。16年前，我刚到东莞时，在市区最繁华的商业中心，晚上只要出去，哪怕只是去旁边的超市，临出门我都总是会一遍又一遍地摸摸暂住证，反复确认是否已经稳妥地放在了口袋里，因为害怕遇见无处不在的治安队，害怕被送去樟木头收容所，害怕被强制劳动、遣返回乡，害怕因此失去工作。

今天，我所在的东莞长安镇，这个多年来地区生产总值一直名列东莞前列的繁华城镇，依然要求常住外来人员办暂住证。虽然已经没人会突然冒出来拦住你要求查核，然而漫步在这里，我却发现有的本地人集中居住区域，会将其间的市政道路也连带着设岗亭封闭起来，禁止外来人口进入。

身在其中，城市对农民工而言，依旧到处充满壁垒。除了在户籍待遇及社会福利上存在差别外，还是有很多人认为外来农民工低端混乱，是治安隐患。很明显，民宅集中地并非商业住宅小区，居民断然也不敢去围封市政道路，那最大的可能，就是基层的社会管理动作。

农民工并非洪水猛兽，在国家改革开放的号角下，他们背井离乡来到城市辛勤劳作，撑起最基础的制造代工产业。正是这些卑微的人，带给这个国家一种叫作人口红利的发展优势。从某个角度看，任何拥有比他们更优越社会地位及更好生活的人，一定程度上，都是建立在他们艰辛劳作、收入微薄的基础上的。他们的沉重与卑微，时刻拷问着这个国家的贫富差距和社会公平！

五

父亲当初在大朗的工厂，每天劳作12—14个小时。他说在当时，根本没有任何社会保险、社会福利的说法，做工领薪水、辞工了走人。多年以后，作为第二代农民工，我在东莞无数个工地干了10年。工地上按不同的工种，分不同的施工班组，称作劳务分包公司，通俗的说法就是包工头，所有的民工都归属在包工头名下。除了工伤险外，包工头不会帮他们购买任何其他社会保险，只会带着他们干完一个工地的活后接着去下一个工地。除了滴落在工地上不为人知的血汗，农民工在城市不会留下任何痕迹。

我又辗转在东莞各个不同的工厂做了6年，这些工厂除了自己招工外，还会有劳务派遣公司批量地安排农民工进厂。这些农民工与工厂不签劳动合同，他们的工作按时按件计酬，劳务派遣公司安排管理人员进厂对口管理，按时按件从工厂给农民工的劳动报酬中提成。劳务派遣公司也并不会给农民工购买社会保险，也只会带着他们从一个工厂接着去下一个工厂。劳务分包和劳务派遣这种劳动力盘剥管理模式，及其与社会最基本福利制度的脱离，我想在更高层面上，一定是社会管理在哪里出现了脱节。

六

新闻里说全世界都在关注中国的城市化进程，看到无数的评论，期待管理阶层能创建更为公平完善的社会环境，期望先富起来的人们能维护整个社会正常的流动上升渠道。而在这个国家的基础底下，数以亿计的农民工，他们背井离乡建设着城市，也挤在城市的每一个角落讨生活。他们衣衫破旧、灰头土脸，他们言谈粗鲁狭猛、行为市井自私。他们没有体面的工作，他们中的大多数人依靠出卖体力，在城市干着最脏最累最辛苦最低贱的活。对于城市，他们只是过客，饱受城市的盘剥、歧视。他们肩挑背扛地来到城市，最后往往也是肩挑背扛地离开。他们肩挑背扛着底层的艰辛困顿，也肩挑背扛着中国改革开放40年的进程。

顺序一定会是这样的，他们最后往哪里去，那么，这个国家也就会往哪里去！

目录

壹 上篇

贰 中篇

叁　下篇

壹

上篇

技师小霞

一

小霞是沐足城的技师。有一年我们做一个商住项目，工地对面就是一家大型的沐足城，不忙的时候，吃过饭或是打完牌，几个同事便会一起过去休息一下，一来二去便认识了小霞。因为是老乡，彼此比较聊得来，之后每次去，我便都会给小霞留牌或是点钟。

二

东莞的沐足城，大大小小据说有上千家，遍布大街小巷，客源鱼龙混杂。相当多的沐足城，都算是有一定暧昧意味的娱乐场所。通常的说法是，沐足城的技师，基本都是从工厂出来的年轻女工，而真正色情行业里的性工作者，从业前基本做过沐足技师，产业链似的，工厂与沐足城，仿佛两道命运的筛子，无数年轻的女孩，带着各自不同的人生际遇，在其间一层一层被往下筛。

三

多年前，我第一次洗脚，完成脚部按摩推油后，起身走路都感觉轻飘飘的，很是舒服。后来东莞的沐足城越来越多，感觉开始变得混乱，也就去得少了，有时朋友聚会一块去，甚至都懒得脱袜子，就只是休息按摩看看电视。然而小霞所在的沐足城，却十足是正规的洗脚场所，技师按摩技术都很好，算是凤毛麟角般的存在，离得又近，因此我们去得也就比较频繁。在东莞，有些人喜欢去沐足城泡女孩子，越是正规的场所，越是有人下力气去泡里面的漂亮女孩。这区别于一般的性交易，与民工找低价性工作者解决生理需求也完全不同，属于是有钱有闲人的游戏。刚认识小霞时，我同事逗她说，你一个这么年轻漂亮的女孩子，追你的客人一定很多吧？小霞低着头淡淡地说，我们这里是正规的沐足城。我同事回答，没说你们不正规啊，正规的女孩子才有人追嘛。接着又拿我开涮，说，你看眼前不就有一个蠢蠢欲动？小霞没再接话。后来我跟她熟了，出于一种莫名的心理，又同她聊起过这个话题，她告诉我这家沐足城很正规，自己在这做了快两年了，从来没和任何客人买钟出去过。聊及面对的诱惑，她说内心有自己想要坚守的东西，便不会放弃，“要是放得开，也不会在这做两年，早就直接去酒店了”。

四

小霞只有20岁，读到高二才出来的，开始也是在工厂流水线上。或许因为读书多的缘故，她说自己实在忍受不了流水线上机械呆板的劳累和压抑的环境，才跟着同厂的姐妹进了沐足城，“习惯了也还好，算是稍微自由些”。我认识她的时候，她曾和我说起，她的不少高中同学都已经在读大学，虽然并不会告诉她们自己是在沐足城上班，但平时都还是有联系。或许是怕我不相信，有次她便拿出手机里她同学发给她的图片给我看。大学校园里的风景照我并没留下什么印象，倒是现在都还清晰地记得——提起她同学时小霞脸上兴奋的表情以及闪亮的眸子。当时我不由得就想，如果不是因为贫穷，这么漂亮的女孩，在这个年纪，应该也会是在美丽的校园里，每晚拥抱着年少莫名的愁绪入眠吧，而不是在南方的娱乐场所昼夜颠倒地辛苦劳作。

五

区别于我所遇到过的其他沐足技师，小霞留给我最深刻的印象是，她从来不会偷懒，即使我有时加钟，她也会毫不停歇地从起钟按到下钟。因为长年累月地用力按摩，她大拇指和食指关节上有很明显的深色变形鼓包，与白皙红润的手指很不协调。有时见她有些累，或是在播放她也喜欢看的电视时，我便会跟她说，可以歇一下，没所谓的。但她最多只是降低按摩的频率和力度，从来不肯停歇。除了敬业之外，我知道，对她而言，这也是她力图显示自己要和客人保持距离的一种态度。

六

沐足只是吃青春饭的行业。在一起聊天时，我问起过她以后有什么打算，小霞告诉我，出来两年多了，已经没再想回去继续读书的事，现在只是想多存点钱，以后能自己开个小店，卖衣服或是卖饰品。她曾经好几次跟我提起过“哎呀呀”，说加盟成本不太高，我便知道有一个专营女性饰品的叫作“哎呀呀”的连锁品牌。

七

那个商住项目完成后，我便再没去过那家沐足城，手机里有个小霞的号码，也从来不曾拨打过，多年异乡漂泊，尽管聊得来，但明白彼此只是浮萍聚散般的相逢。只是至今，不论在哪里，每每看到“哎呀呀”的小店，不由得就会想起小霞，那个年轻漂亮的女孩，扎成马尾的头发多而浓密，红润的脸上，腮帮子略微有些鼓鼓的，仔细看上去，仿佛还桃子般带有细细的绒毛。呵呵，并非念想，只是会有点淡淡的莫名的惆怅，希望她过得还好吧，已经远离娱乐场所，依赖自己的汗水，从容地坐在某个小店里面，过着自己向往的生活。

天下情怀

书生蔡并非读书人，只是木工班的一名大工。工地上，大工属于技术工种，称作师傅，待遇会比打下手的小工高上一倍不止，也更有话语权。如果恰巧人又长得块头大点、脾气暴躁些，在工地上就会是比较牛气的人物。我就亲眼见识过，有大工张口××的这个，闭嘴××的那个，指挥小工干这干那，可以从早晨一直嚣张地吆喝到下午收工，派头十足。而书生蔡却不然，虽然他技术老到，专门干楼梯支模类有一定难度的活，虽然他长得五大三粗、浑身肌肉。

第一次知道书生蔡，是有天早晨听他们带班的当作笑料提起，说工棚昨晚打架了，有新来的工人不懂规矩，冲凉后回到工棚居然拿书生蔡放在枕头边的报纸擦脚，结果被书生蔡按在大通铺上结结实实打了一顿。笑话的背景是，据说这个书生蔡一向是出名的好脾气，平日里不抽烟不喝酒，就是经常喜欢买报纸看，完了就在工棚里吹时事新闻，有人抬杠或是有人嫌吵说他，也从不发火，但就是谁都不能动他的报纸。而且他还用工地上的模板钉了个小木箱，凡是看完的报纸都按日期整齐地码在里面，装了把挂锁锁着，从不让人碰。

知道有这么号人物，我便有心留意上了。每次木工等材料或是围在一起休息的时候，我有时间便会过去凑凑热闹。

有一回，工地的吊塔临时出了故障，不能吊柱板上楼面，一帮木工围坐在一起抽烟扯闲话。有人就逗书生蔡，说都没啥事，你吹吹呗。书生蔡靠着柱筋坐着，拉开架势手一摆说："知道本·拉登不？炸死几千美国佬那个，现在美国人全球通缉他，不知派出多少人在全世界找，你们说这每天得花多少美金？可人家美国人根本就不在乎，依我看，他早晚得死！"看他说得头头是道的模样，立马就有人抬杠："谁也没见着是本·拉登干的，再说人都不知跑哪去了，大海捞针怎么找？说不定躲在山沟沟里，还得是外国的山沟沟，抓得着吗？”紧接着有人跟上起哄：“本·拉登不是俄罗斯保着吗？美国佬能怎么着？”大家你一言我一语的，根本不让书生蔡再有插嘴的机会。最后甚至有人胡扯：“报纸上不是说本·拉登驾着飞机撞上去了吗？人都炸成灰了怎么抓？美国佬再厉害能去找阎王爷要人？”众人越扯越离谱，故意想惹得书生蔡发急，不料最后书生蔡满脸不屑地站起身来，拍拍屁股说：“你们就等着看吧，美国佬那么好欺负吗？肯定得报复，你们知道啥？不和你们一般见识。”说完提着水就转身走开了，等着看笑话的众人甚是无趣，继续围坐在一起，开始插科打诨说段子。

记忆里印象深刻的另一次，是夏日午后突下大雨，大家都跑去已完成浇捣的半边楼面下避雨。刚坐下便有人拿书生蔡开涮：“老蔡，我就一直不明白怎么都喊你书生，你说你长得哪点像书生？电视里书生不都是白白净净的？你看看你，黑不溜秋、五大三粗的，正经走路都像是打横着，哪有书生是你这个模样？”一听这话，书生蔡黝黑的脸上仿佛有些涨红，鼓起眼睛急急争辩：“人哪可貌相？国家也没规定书生就得长什么样吧？再说了，我也没说自己是书生。”接着转头又看着我说，“你们要唐工说说看，读书人也不一定就是一个模子印出来的吧。”我还没来得及搭话，旁边马上有工友接口起哄：“就是，书生蔡也不好听，还搞不懂到底是什么菜，干脆叫生菜得了。”一片哄笑声中，书生蔡从此有了新的外号。

无论工期长短，工地总是人员流动性很大的地方，也不知从哪天起，我就再没见过书生蔡。近十年后，美军海豹突击队在巴基斯坦成功暗杀本·拉登的消息轰动全球，当我看到新闻时，这么多年里头再一次想起书生蔡。虽然我和他并未有过什么交往，甚至都没说过几句话，但这些年来，在其他很多地方，在不同的人群中，我都遇见过像书生蔡这样的人，他们身份低微，却热衷关注时事新闻，乃至国际形势，并喜欢就此高谈阔论，如果恰巧遇见能聊上几句的人，往往便会引为知己，而即使应者寥寥，甚至屡遭嘲弄，他们也都乐此不疲。

这些处于社会底层的人，或许只是些贩夫走卒，他们的这种热爱，也许谈不上是对知识的渴求，对自身的处境也毫无助益，但他们依然乐在其中，哪怕换来的甚至只是些嘲讽捉弄。但我想，这至少应该算是他们对自身存在的一种关注，而在这种关注背后，或许寄托着他们某种遥不可及的梦想、一种天下情怀。

最近看到个段子，形容热衷关注时事、讨论国家大计的人，说是“喝地沟油的命，操中南海的心”，不由得就想起我们民族有句古语：天下兴亡，匹夫有责。

唉，扯远了，倒是现在人手一部智能手机，资讯泛滥，怕是再也见不着像书生蔡那般爱惜报纸的人了！

胡搞

我认识胡搞，是在2002年。那一年的年关，我们老板拖着工程款没付就回了老家，连我们项目部几个管理人员的薪水也没结。这种挂靠建筑公司资质的“二包”，在当时谁也没办法解决问题。工地小，闹不起来，其他班组的包工头早就溜了。胡搞估计是动作慢了点，他们班组里等着拿钱回家的工人从早到晚缠着他。胡搞几次领着工人来找我们，请帮忙证实他自己的工程款也一分没结。然而工人并不买账，更怕胡搞也一走了之，夜里都有人守在他门口。不知是被逼无奈还是不胜其烦，后来胡搞把工人领到我们项目部办公室，也算是做给我们管理人员看，当着我们的面，给每个工人结了一半的工钱，说这些钱本来是他自己来年修房子的积蓄，现在先垫出来让大家过个好年。胡搞的老婆站在旁边，不停地说他们也算是很有良心了，自己都没拿到钱。两句话翻来覆去，说到后来声带哭腔时，倒被胡搞凶骂一顿，赶回了工棚。这个事虽说有被逼迫的成分，但在当年欠薪难讨的大环境下，胡搞这样做实在称得上是信义之举。在2006年之前，这种事情我见过不知多少回，绝大部分包工头就算不找民工麻烦，也是一副死猪不怕开水烫的架势，就是24小时守着他，打又不能打，骂也不能骂，也不可能真的和他一块过大年三十，到头来终归不了了之，甚至还得赔上几句好话，寄望他不要跑路，来年尽快结清工钱。

胡搞本就姓胡，是一名钢筋包工头，在工地上“名气”很是响亮，四十上下的年纪，瘦瘦的身板，黝黑的皮肤，脑袋较之体态，略微显大，不说话时，一贯喜欢咬牙槽，明明打肿脸都算不上胖子的人，愣是显出一副满脸横肉的派头，且偏偏还留个中分发型，像极了流氓汉奸。话说此人无论何时何地，三句不离“搞”字，平常会说搞瓶酒、搞定某事，另类些会说“晚上去搞下湘菜馆，搞个脚洗一下”。更离谱些的，有一次，他告诉别人说和几个妇女在工棚里搞了个通宵，别人惊诧地问搞什么，他立马戏谑地凶别人：“搞麻将，你以为是搞什么？”言语一贯令人捧腹，久而久之，被人称“胡搞”。

胡搞这人，性格过分的外向开朗，从早到晚都是笑嘻嘻的，言语诙谐搞笑，对谁都没点正经，整天一副看透世事、放荡不羁的模样。工地上传得最神的段子，说是有天傍晚，胡搞跟他老婆说去外面搞条烟，实则一路小跑，去发廊做了次按摩，过后叼着烟一路小跑溜了回来，前后大约半个多小时，可谓神速。不幸的是因为前科在案，回来后仍然被他老婆发现了蛛丝马迹，大吵一架。胡搞百般争辩，他老婆依旧不依不饶，硬是两天没做饭。钢筋班的工人怨声载道，几近罢工，不得已，胡搞只能叫外卖解决问题。自此后，但凡胡搞从工地外出，熟人见着都是一个惯例打招呼：又去外面搞烟啊？

工地上的人，一天到晚下苦力干活，稍有闲暇，也没什么活动，只要有人凑堆的地方，三言两语话题就会扯到女人身上，开开荤玩笑，过过嘴瘾。胡搞擅长于此，黄段子、荤笑话信手拈来，什么“跟老婆没味，酒店里太贵，发廊高消费，街边才实惠”，诸如此类比比皆是。还经常跟工人说，“我代表政府教导你们，不能只顾一时快活，一定要戴套”，“大头管住小头，性福不摔跟头”。总之，但凡胡搞在哪，粗俗的欢笑声便会在那里此起彼伏。

虽然说话没点正经，但胡搞在工地上做的活倒还算可以，每每隐蔽工程验收，胡搞极少有需要返工的时候，而且钢筋班的工人做事整齐不说，里头还没有一个买来的工人。胡搞也从不打骂工人，有什么争议问题，依着他的性格，笑骂着就解决了。胡搞也一贯以此自夸，说自己绝不做那些伤天害理的事欺压工人，我印象深刻的是好几次都听他说起：“人在外面都不容易，在家安逸谁会愿意跑出来？”

不满20岁起，我就一直待在建筑公司或是工厂的工地上。说起来，从走上社会至今，我打交道最多的便是包工头。十几年来，我见过欺压凌辱、打骂买卖工人的包工头，见过贪婪嚣张、赖着工人血汗钱一分不付的包工头，见过阴险狡诈、当面一套背后一套的包工头，见过恬不知耻、圆滑狠辣的包工头，也见过精于世故、心计深沉的包工头，林林总总，不一而足。就群体而言，因为了解，我对他们的印象可谓十分恶劣，到今天回想起来，不知为什么，印象较为良好且记忆深刻的，呵呵，倒只有胡搞这么个人了！

这哪叫生活

老何脸宽耳垂长，大腹便便，长相很是富态。我们同时进入东江边上一家电子厂，在新建厂区项目部，我做土建技术员，他是机电工程师，住同一间宿舍。多年以后想起老何，首先浮出记忆的，是他那句牢骚满腹的口头禅。那个时候，我们工作、生活在一起有一年时间，蹲在工地抽烟的间隙、对着食堂清汤寡味的伙食或是晚上无所事事躺在床上瞎扯的时候，经常很突然地就会听到从他嘴里冒出来：“××的，这哪叫生活”。

老何是原来那种包分配的中专毕业生，20世纪90年代赶上国企倒闭潮下了岗，被买断工龄，一家大小失去生活来源。他总感叹人离乡贱，几次聊天都说起，自己原先在老家也算是体面人，工作固定、生活安逸，从来没料到一把年纪了还得背井离乡出来打工。

彼此熟了，有次我便问他，什么样的才叫生活？老何琢磨半晌，给出的答案是——自己想要过的才叫生活，不得不过的就只能说是活着。于是我知道，尽管当时他已经出来多年，但完完全全还是在忍受打工的生活，很不习惯。

老何有两个女儿，经常听他提起，一个在老家读高中，一个在成都上大学。老何自己在东莞镇区工地上，老婆却在市区的一个小超市做收银，听说待遇不太好，每个月只有一天假，下班了才能赶黑过来看他。每到那天我便会主动跟老何说我打牌去了，晚上不回来。老何便都会很感激地笑，但并不说什么。

整天一起待在工地上，老何经常会向我问起一些土建方面的规范知识，有时土建隐蔽工程验收，他也总过来凑热闹，问这问那。有次我便笑他操什么闲心，他搓着手嘿嘿直笑，说是打算再干几年挣点钱，等女儿都毕业了，争取就回老家盖个两层小楼，一楼门面出租、二楼自己住，“也过过安逸生活，房子线路肯定自己装，这个也了解一下，兴许用得着。”于是我知道，老何憧憬的未来生活，原来是这么个模样。

老何块头大，性格却很是温和，和谁说话都和声细语的，特别是他和两个女儿打电话时，语调声音更是轻柔得仿佛能听到滴水的声音，连我在旁边都觉得起鸡皮疙瘩。然而有一天夜里，他接了个电话，却几乎一直是在对着话筒吼叫，很是激动。我甚是惊讶，过后问起，他告诉我大女儿打电话来想读研究生，他坚决反对，一肚子火，说这些年来，自己背井离乡，一家人老小分离，上不能尽孝，下不能待在女儿身边好好教育，一年就见几天面，现在家里老人老得都干不动农活了，“日子不能总这样过吧？人总不能太自私吧？”我当时听了一阵默然，并未言语。几年以后，我自己结婚生子，才切身懂得了其中的苦楚，自己身在异乡，状若浮萍，亲人各在东西、家分几处，一年到头满满的都是牵挂，内心空空荡荡、简直欲哭无泪。

电子厂的新项目一完工，我和老何就都得另找工作，各奔东西了，虽然后来彼此还打过几次电话，但都是异乡漂泊，明白从此再无交集，慢慢也就断了联系。

那个时候，我年纪还小，在一起时，老何会经常跟我聊起他在国企时的很多亲身经历，总是跟我说：“不管在哪里，要做事，先做人。”此后我年岁渐长，历经世事，慢慢就才懂得，老何当时告诉我的，实在是一个长者很诚挚、善意的教导，心里便很是感念。

我至今从未去过西南地区，但衷心希望，在川蜀大地上，那些如雨后春笋般冒出来的小洋房中，有一幢是属于老何的，一楼是门面，二楼是住宅，里面有他自己规划的用电线路，以及他亲手装上去的每一盏灯。如果修建楼房的时候，他有亲自去验收钢筋，我想或许，他也会有微笑着想起我吧！

麻老大的局限

十几年前，在东莞的大街小巷，经常会发生抢包抢手机的治安事件，大家也都习以为常、见怪不怪的了。有一天，一个十二三岁模样的小男孩，抢了个女人的包，不知是因为仓皇逃窜，还是熟悉我们工地几个大门的路况，反正就跑了进来。后面跟着的女人边追边喊抓小偷，门口的保安愣了一下动都没动，倒是正在大门洗车池洗铲的一个工人闻声追了上去，或许迟了点，没能追上，气喘吁吁地回来时，他站在我们面前拍手，说如果他是保安，绝对不会让小偷跑掉。旁边的人便都哄堂大笑，有年纪大些的工友拍着这名年轻工人的脑袋说，你追什么？真追上了别人背后的大人打你不死？工人一愣，有些夸张地吐吐舌头，走开了。我们一大堆人在旁边幸灾乐祸地笑，都知道这种出面抢包的小孩背后一定是有个抢劫团伙，便都议论说那年轻工人真是个轻浮无知、爱出风头的小孩。

这便是麻老大，一名混凝土工人。我认识他的时候，他大概只有十六七岁，个头很小，记忆里至少比我矮了一个头，黝黑黝黑的皮肤，瘦瘦的，看体型，很是有些营养不良的模样。在工地上，他不管见着谁都叫老大。因为他自己脸上麻子很多，几乎遍布除嘴唇外的整张脸，有工友便也戏谑地说，凭他脸上麻子的壮观数量，在所有麻子中绝对没人比得上，说其实他自己也是老大，麻子中的老大。久而久之，这个外号就叫开了，图方便，大家都简称他麻老大。

工地上工种繁多，都是体力活，一般而言，最为辛劳繁重的便是混凝土工种。若是现场搅拌机拌料，工人得上料、搅拌、拉浆、浇捣、收面，流水作业，没点停歇。如果大面积使用商品混凝土，略微会轻松些，但由于混凝土工种没有任何技术含量，在劳资关系中也就没什么筹码，前些年存在的被买卖的工人，基本就是消化在混凝土工种之中。因为做混凝土工人，只要有把力气就行，所以这个工种，待遇低不说，也是最受压迫的，经常得超时超负荷劳作，赶工的时候，根本不存在什么三班倒、两班倒。我就有亲眼见到过有些连吃饭也在工地上，持续劳作两天一夜的混凝土班组。劳动强度吓人，基本每次坐下吃过饭后，需要工头用脚踢才能醒过来接着干活。

麻老大在混凝土班组中，虽然年纪轻个头小，但干活却最是积极卖力。偶尔浇捣楼面在等料的间隙，累得不行的工人就会逮住这难得的空闲，有的就地抱膝蹲下、脑袋枕手臂上休息，有的坐在钢筋大梁上背靠柱筋瘫坐着，胆子大些的，会跑去脚手架的竹排上躺着眯下眼，都想好好喘口气歇一会。等料又到的时候，带班的一阵大吼，麻老大往往是第一个起身走过去的人。这个时候，别的工友就会斜他几眼，被逐个喊起或是被踢过来的人，到旁边了往往还会对他骂骂咧咧，说他充积极出风头，麻老大却并不理会，拿了工具便开始干活。有一次我听到有工友凶他，说你这么积极卖命老板是不是多给了你几块钱？麻老大就露出夸张的笑容，故作神秘一声不吭。其实在混凝土班组里，都是没什么技术含量的体力活。麻老大年纪轻力气小，并不是主力，在工友中说话也没什么分量，每每一块聊天，他都属于被开涮找乐的对象，算是个靠边站的人。但工头和带班的一有任何吩咐，他总是第一个予以响应的人，其他工友或许对他的这种积极性难以理解，便常常骂他神经病，甚至恐吓他。他有时唯唯诺诺的，但却一直没改掉这个毛病，工头倒经常以他来对比训斥其他工人。但这样麻老大在工友中，也就越发显得不合群了。

麻老大的故事，结尾有些辛酸。在不久后，曾经追过贼的麻老大做贼被抓了。他和他一个老乡，砸烂手机店门口展示柜的玻璃，抢了两部手机，结果没跑多远就被逮住了。这个事在工地上成了很大的一个笑话，因为，就像大多数人所知道的那样，手机店展示柜里的手机，不过都是模型机。

我并不知道这件事最后的处理结果，麻老大被抓后再也没回工地，这一切都是发生在2003年的事情。十几年后的今天，对最底层的农民工而言，手机也早已是再普通不过的东西。而那个年少的农民工，当年因为手机摔了跟头，或许也就此摔向了命运的更低谷，想起来，不禁有些唏嘘！

也是后来，我在工地上摸爬滚打，待的年月一多，才明白，年幼的麻老大当时宁愿触犯众怒的积极作派，或许是他在混凝土班组里、在年富力壮的工友与工头之间，基于自己的认知判断而表现出来的一种选择，包括他后来“愚蠢”地去抢劫手机模型。想起来，人在这个世界上，是何等的受学识环境所局限制约啊！

人生是一场豪赌

一

阿峰离开工地时，走得很突然，回过头去看，他整个辞工的过程心计深沉。先是提交了辞工单，跟工地主管说他家里近期打算叫他回去，在主管挽留的时候，他不置可否，一直没有拿回辞工单，说是等等家里的确切消息。后来有天中午在食堂吃饭，他当着项目部所有人说，家里事急，得马上回去。在主管惊诧的目光中，他说毕竟按规定提前一个月提出了辞职，麻烦主管催一下公司尽快批。主管说你的辞工单还在我手里呢，你不能急着走。阿峰没再接话，然而当天下午，他离开工地就再没回来。后来保安说，他走的时候，什么都没带，是空手出去的。

工作没有交接，新的仓管接手仓库对账，才发现钢管少了二十几吨。那种钢管是向其他公司租赁来的，随外脚手架的拆卸不定时分批外运退租。公司查账，工地的外运账单及保安放行记录都完整，程序符合规定，只是有几车的单据在阿峰自己手上处理掉了，并未上报公司。项目部马上报了案，但最后找不到人，也就不了了之。

二

阿峰刚应聘到工地来做仓管时，和我一个开挖掘机的老乡关系极好。因为年龄相仿，他们有时会来我的单间活动板房找我玩斗地主。工地的生活枯燥无聊，人多的时候，我们就会炸金花（一种扑克玩法，赌注可大可小，但牌桌氛围浓烈）。阿峰平时玩的时候，如果长时间没拿到好牌，他往往会主动找人蒙到底，一把将身上所有的钱押上，结果有输有赢。但在一把牌输个精光的时候，他并不会非常懊恼或者骂骂咧咧，顶多说一句真××背，之后也不会在牌桌上找人借钱继续玩，往往起身便离去，毫不拖泥带水。

牌桌上一来二去的，我和阿峰便混熟了。那一年，他大概二十岁多点，长相英俊，白皙的脸上，一双明亮的眼睛狡黠得仿佛带点邪气，做人却很是机灵，嘴巴甜，和所有人关系都处得极好。他喜欢交朋友，经常会有老乡什么的来工地找他，请客去外面吃饭时，他每次都会喊上我。在他眼里，我这个施工员也算是工地的管理层。彼此熟了，我便知道阿峰对做仓管这个事并没什么兴趣，整天满脑子想的都是自己去外面干点什么，并经常会就此和我讨论，算是咨询一下我的看法。

当时我们工地是在沙田义沙村的宏石厂，旁边有中铁公司在做轻轨基础。听开挖掘机的阿斌说，阿峰曾经带了一帮老乡去找过中铁的项目部，问别人是否需要浇捣混凝土的施工班组。阿峰在工地做事，知道做混凝土包工头门槛低，没什么技术含量，有人就行。在一起斗地主的时候，好几次我也有听阿峰提起，说包工头整天在工棚打麻将，工地上却那么多人替他们干活挣钱，真××舒服。言语间，对此十分羡慕，并一再表示什么时候有机会了，也要带帮人搞一下。

三

阿峰走了以后，我的老乡阿斌私下告诉我，说阿峰家里要他回去什么的都是骗人的："他十三四岁就出来了，根本都再没回去过，也从来没见他和家里联系，连他的高中毕业证都是假的。”

四

再见到阿峰，已经是两年以后了，我也早已离开之前的建筑公司，在与石龙隔着东江、一个叫园州的小镇上，进了一家大型造纸厂，紧挨着东莞，但属于惠州辖区。

阿峰是在一天夜里，跟着我那个开挖掘机的老乡一块过来的，我招呼他们去小镇的KTV唱歌。本打算叫几个女孩子陪着喝酒，但阿峰一摆手拒绝了。阿斌就在旁边起哄说，人家峰哥现在是在厚街看大场子的人，根本瞧不上这里的小妹啦。阿峰笑了笑，没接话。

大家一起喝酒聊天。再次相逢，我们彼此都很默契地没有提及钢管的事。其间我倒是问起阿峰当初立志做包工头的理想，他说早没想那个了，这两年一直在厚街酒店里跑订房业务，待遇也还行，但到底是在别人手下做，没劲，下一步准备接触后台关系，打算自己单干。据他说：“搞成了的话，比做包工头强多了，做这个没有手尾。”

那天夜里，我们都有点喝高了。送他们走的时候，阿峰握着我的手，说下次一定要自己开车了再来看我，并反反复复邀请我抽空和阿斌一起去厚街玩。最后他给我留了个手机号，但一直没说具体是在厚街哪里，我想因为钢管的事，他始终还是存着戒心。

那之后，我们彼此断断续续地还通过几次电话，再后来，慢慢就没了联系。

五

这些年来，在不同场合，我和很多不同的人上过牌桌，赌注或大或小，但再也没见过谁在一把牌输个精光时，还能有阿峰那种气度，不想着借钱翻本，对仍在继续的牌局并不多看一眼，毫无留恋，甚至都没有一句多余的话，起身就走。

我总在想，当一个人十几岁就一无所有地被迫进入社会，所有的一切都得靠自己时，对他而言，人生或许也就是一场牌局，在本身没牌，或者在自己根本看不清牌局的情况下，一发现机会，他就会毫不犹豫地愿意把自己的所有一把押上去。或许对他而言，所能失去的，最多也无非就是原本不曾拥有的罢了。

我再没见过像阿峰那般说话做事毫不拖泥带水，精诡利索、杀伐决断的男子。

小混

小混是个代称，并非混混。他是一名混凝土工人，这么称谓，只是因为到今天我竟然没能想起他的姓名。虽然有点奇怪，但实际上，在他从三楼摔下去前，我确实也从来不曾留意到他，对这个人毫无印象。

那个夜晚，对我而言也是一场劫难，他从正在浇捣的楼面与提升笼连接的桥架上，连人带斗车摔下去时，我从三楼另一端刚拆下模板的楼梯飞奔而下，脚后跟踩到一排钉子，倒下后，除了号叫，没半点站起身来的念头和力气，直到被人抬走。那种痛，直到今天想起来，依旧不寒而栗。

我和他一起被送往医院。他挺幸运，倾垮的桥架，让他在摔下去的过程中倒向了脚手架，缓解了部分下坠力，除一条手臂严重骨折外，便只是大腿挫伤。我也并无大碍，只是脚底板上至今留有一道蜈蚣般的疤痕。

他需要住院治疗，我缝针处理后第二天便回了工地休养。等他吊着绷带回来时，我已经能踮着脚走路了，只是小混的伤留下了后遗症，貌似关节活动范围今后会受影响。

回来后他就一直在找包工头，要求补偿。他的工头既不答应赔，也不回绝说不赔，几次在我们项目部里东拉西扯，说住院治疗的钱还是借的，工程进度款能不能多拿点？别人催着还钱。就这样一直把小混晾着。小混吊着个绷带，暂时也做不了事，经常就在工地上晃，逮着他们领班或工头，就跟在后面交涉诉说，不时也会来我们项目部办公室，一套医生那听来的话，翻来覆去地说，反复追问这事到底有没有人管。我倒常起怜悯之心，我们项目经理和其他同事却日渐不耐烦，开始还多说几句，后来就一句话，叫他自己去找工头解决，说完便赶他走。我有同事跟我提起，说小混太啰唆，我在的时候，他倒好像话会少些。这个我不知真假，只是几次遇着他，他也并不曾对我的伤情表达关怀问候。记忆中，他仿佛在某一瞬间有过望向我却欲言又止的神情，但终究不曾开过口。我偶有纳闷，但也并不太介意，当我从三楼飞奔而下时，那一刻，我只是着急一个陌生人的生命安危。

小混拆了绷带后，没开工，继续在争取赔偿的事，工头对他的态度日渐恶劣。小混第一次出事，是被他们领班抓住衣领拖到我们办公室来的，几个工人说发现他用小刀去割竹脚手架上的扎带，他们领班说他心理变态，肯定就是希望别人也像他一样摔伤。我们大家去现场看，部分扎带确实有被人为损坏，还留了一点并未完全割断，安全隐患极大。小混一口咬定不是他干的，他们工头赶来，吼叫着说要弄死他，我们项目经理在旁边反复问他们工头，说你怎么不报警？出了事你兜啊？两个人十足像是在演双簧。小混就只是哭，说自己没干这事。他们工头后来就说，留你条小命赶紧给我开工。小混哭着没说话，也没点头。

大概也就再过了十天半个月的样子，我们办公室一个同事说他茶杯不见了，不知谁提的建议，中午收工开饭前，开始一间间去搜工棚。其实就一个普通的不锈钢杯子，后来在小混铺上的包里被搜了出来，一起搜出来的，还有一份劳改释放证明。旁边围着很多人看热闹，有人说，他们之前早就知道小混因为偷窃坐过牢。小混有点发愣，一直说，我没偷，我偷杯子干什么？我又不能用。然而没人理会他，混凝土领班把他的包扔给他，扇了他几下，开始踢他，每一脚把他踢得往前面踉跄着走几步，摔倒了或是没摔倒，在他还没完全直起身来的瞬间，下一脚又再次踢到，就这样把他踢出了工地大门。一路上，混凝土班组的人站在最前面，除了领班，另外有几个人也偶尔会上去踢上一脚。工地上很多人跟在后面看热闹，人群拥挤着往前走，仿佛都是在驱赶小混似的。我的脚当时还没完全恢复，站在队伍边，看着这一切。最后，工头站在门口恐吓他，说你这劳改犯，我没报警是发善心了，再敢回来让我看到你，直接打死管埋。小混一路上一直不停地哭。

这一切发生在2005年，小混当时大概也就二十岁的模样，工地是在石碣镇××村的砂永工地，那个时候还没什么工伤社保之类的东西。我2002年到东莞，前面几年进过工厂，入职过本土的龙头地产公司，入职过全市排名前十的建筑企业，作为专业技术人员，也是直到2008年才开始有社保。

我再没见过小混。工地上后来有人说，看见过他在离工地远远的地方出现，但他终究是没勇气再进来过。我偶尔会想起这件事，曾经也疑心过小混为什么要去偷个水杯的事，但终究无从证实也无从证伪。所以有关这一切，在我的记忆里，夹杂着迷惘、怜悯和疼痛，却始终不知到底该怎样评说，只是我左脚脚底板上的那道疤痕，一直都在。

老兵

年少时爱好喝两杯，虽然酒量不大，但凡三五好友小聚，又或是得闲了自己在家下厨，都少不了这杯中之物。在饭桌上、在酒吧KTV、在烧烤大排档、在午夜的电脑前，喝酒的地点各式各样，而若论及喝酒的人，那就更是千奇百怪了。俗话说酒品如人品，这些年来，在不同场合，我见过扭扭捏捏、磨磨叽叽的，见过装腔作势、偷奸耍滑的，见过豪爽痛快、酒来碗干的，也见过深藏不露、伺机埋伏的……杯前形态即尘世众生，林林总总，不一而足。但要说起喝酒这方面我所遇见过的最神奇的人，那还就非老兵莫属了。

2003年，我在工地上做施工员，老兵是项目部配给我的杂工，主要是协助我测量放线。布桩位时，我看经纬仪，老兵拿着铁锤木桩，看我的手势下锤定桩，然后在木桩上敲钉拉线；抄平时，老兵就得举着标尺到处跑，在每个点位上随我的手势上下移动标尺，最后定位画标高。在不用放线的时候，作为杂工，老兵也还得去干别的活，工地上诸如挖沟抽水、上下材料，以及按安全文明施工要求整理现场等等，所有杂活都得干，很是辛苦。东莞的太阳，一年里有大半时候都晒人，工地上活多，又根本没有哪个角落凉快，很多杂工就会偷懒，喊一声动一下，老兵却不然。空闲时，他都会主动来问我哪里需要做些什么，又或者借我的对讲机呼叫杂工队长，看其他区域是否需要人手，十足是主动找活干的勤快人，很是讨人喜欢。我带了他后，觉得很是省心，测量用的工具桶，他总是打理得整齐干净，每次用过的长卷尺他都会马上洗干净，桶里的铅笔任何时候都是削好的，钉子、白灰等随时都备有足够分量。每天收工，其他区域的杂工都会图近把测量桶放在工地仓库，只有老兵会把桶带回自己宿舍，塞在床底下，说是避免东西被人拿混。

工地上待久了，人一熟，我就听说老兵曾经在家门口当兵参过越战，他老乡说他还受过伤，于是我就注意到，他右手从手腕延伸到手臂确实有不规则的块状伤疤，只是已经不明显。这个事我问过他好几次，每次他都直接把话岔开，有一次实在拗不过我，就说打仗不好玩咧，我们也就只是在挨着前线的地方帮帮忙。寥寥几句，再不多说，接着问，他就走开去，不再理我。

老兵话一直都很少，不太喜欢与人聊天，我和他在一起时，大部分时间都没话说，因而对他，我其实也说不上有什么了解。现在想来，我甚至都不知道他是否婚娶，然而那个时候，我们却也共同拥有一个秘密。工地上每天出工时，大家都会带上一大瓶开水，老兵带的却是小瓶的怡宝。有一回放完线，我见他满脸是汗，但却一小口一小口喝得很慢，还时不时品茶似的间歇停顿，于是我就打趣他，说喝水也这么节约啊？他笑笑，把小瓶子递过来示意我闻闻，我凑过去，呵呵，好家伙，里面装的原来是白酒！从那以后，我好多次抢过他的瓶子打开闻，都是一样，每次里面装的都是劣质白酒，气味呛人。大多时候，老兵上午会喝掉大半瓶，但下午来时又是满的，往往到收工时就只剩空瓶子了。我和他一起待了有半年多时间，不论喝多喝少，他的脸却总是一样的黑里透点红，不会有半分变化。这个事当时在工地我是一直憋着，从来都没对谁提起过。

最后，老兵比我先离开那个工地。走的时候，听他说是跟老乡一起去大朗赶车。我问了一下，所谓的赶车，就是装卸毛织品，纯粹的体力活，但老兵说工钱会比在工地高出很多，我也就有些为他感到高兴。那一年，老兵其实还并不老，大概四十多岁，黑里透红的脸上，一双眼睛明亮深邃，嘴唇和脸都长得棱角分明，人到中年的面孔上，有着岁月留下的沧桑痕迹，笑的时候，显得很是宽厚迷人。我第一次见到他时，就想起影视明星任达华，模样的确非常神似。这个在南方以卖苦力为生的汉子，在连喝水都不甚解渴的工地上，却从早到晚都在喝着白酒解乏，实在令我叹为观止。前前后后，我在东莞无数个工地上干了十年，老兵同时也是我所遇见过最勤快最喜欢劳动的人。只是有些抱歉，到今天当我提笔写下这篇文字时，却怎么也没能想起来老兵到底姓什么。那个时候，因为头发少，工地上所有人都叫他光头。转眼十几年过去了，到现在老兵应该是真的老了，也不知道他是回了广西在大山里养老，还是依然漂泊在外。不管怎样，我希望他过得还好，也希望在这到处酒旗招展的太平盛世里，老兵已经能更自在地时不时喝上两杯。

爱情

公司委派我去三照电子厂做质保维修。那个叫三江的小镇很是偏僻，因为都是些零散小工程，项目发包后，包工头觉得自己没必要过来，就派了五六个工人，委托我代为管理。厂房宿舍墙壁开裂，又或是哪里渗水什么的，很快便都处理完毕。跟厂方说准备撤场时，他们又提及办公楼外墙瓷片有少量脱落，要求这次一并处理好，以便给我们结算质保金。带去的几个工人都说干不了那活，瓷片脱落点极为分散，不可能搭脚手架，而现场又没有相关吊篮设备。我便电话联系了包工头，隔天他又派了两个工人过来，那便是阿英和她的男朋友。

两人都是四十来岁的年纪。男的皮肤黝黑，长相有些粗鲁，鼻孔较常人略大，浑身肌肉，看上去很是精干壮硕。阿英眉目略微端正点，只是体态有些肥胖，不太像是在工地上干活的女人。因为是高空作业，反复叮嘱后我还是不放心，便跟着他们一块上了楼面。待看到他们原始的外墙吊挂设备，我心里就更不踏实了，麻绳穿过打了4个孔的木板，便是外吊坐板，在女儿墙内侧支了个三角架，焊成不规则形状的两套钢管一横一斜顶着，便是受力点。等男的搭好支架，挂好绳索，爬到墙外准备开始往下滑了，我还在问是否牢靠，阿英反复跟我说没事，说跟这包工头也不是第一次合作了。我心里却还是有些担心，便一直都在楼上守着。

那是2007年的夏天，外墙吊挂作业远不像现在这么规范，特别是这种零散维修项目，根本不存在什么申报备案，原始简陋的吊挂设备，没有任何其他安全防护措施。人吊在半空先得敲掉原先的砂浆层，再重新贴砖，艰辛和危险性不言而喻。那男人却显得轻车熟路，坐吊板上试拉了一下吊绳，便滑了下去，很快开始专心干活，甚至从头到尾都并不抬头往上看。倒是阿英很是紧张，眼睛片刻不离开受力支点，侧身靠在旁边女儿墙上，不时提醒男人注意摆动幅度，时刻观察着吊绳和支点的对称是否有什么偏移，一再提醒我注意别碰着支架。这样每修补好一小块范围内的脱落瓷片，男人便将吊板滑放到地面，再走楼梯爬上楼面来，擦把汗，喝口水，把吊绳拉上来，将支架转移到另外的地方，重新安装好，再外吊作业，如此周而复始。但凡男人每次滑到地面站稳了，阿英就会轻吐一口气，也才起身来擦擦汗、活动一下手脚，间或地和我闲聊几句。就这样，我们才知道彼此是来自湖南相邻地区的老乡，我们能用老家一种叫官话的方言进行交流。这样话就多了起来，我才知道男子是四川人，他们并不是夫妻，“但是在一起好几年了”。阿英说，两个人一直是在外面到处接这类零活做，“我帮忙炒灰守在上面看着，他也就放心”。我问起说怎么还不结婚，阿英没接话，表情有点躲闪，转而说不想嫁四川那么远的地方，随即又纠正补充，“他倒愿意做上门女婿，但我还没完全想好以后到哪里安家”。

那一天的活，快天黑才做完，工厂下班时，便有些员工围在楼下看新鲜，又或是指指点点。阿英不以为意，其间对我说，他们正在存钱，“等存够了，就买套好的外挂设备”。我问她怎么不跟着包工头固定做，阿英说那样不痛快：“就这样很好，想休息就休息，不受人管，比打工自由，拿现金。”

男人补完最后一块砖上来时，一口喝光了水壶里所有剩余的水，那架势，十足就像是在往老鼠洞里灌水似的。阿英拍着他手臂，说你慢点喝，慢点喝，声调很是温柔。男人不吭声，小小的眼睛笑得眯成一条缝，不停地点头，然后去拆支架，高声说收工啰。

他们走的时候，阿英给我留了个小卡片，一再说有相关活计麻烦老乡联系他们。可惜后来我并未有机会能帮上什么忙。

此后我也再没见过他们，我并不知晓他们更多的事情，也不清楚他们的关系是否存在其他隐情，但在偶尔却会不经意地就想起他们。想起那个男人吊在简陋设备上，挂在半空中作业时居然那么淡定从容的模样，想起阿英在楼面上带点恐慌般细致紧张的神情。那应该就是他们的爱情吧，相逢在异乡，在卑微中相互依偎，在艰危下彼此信任，一个男人，一个女人，寻常巷陌，困苦人生，一个愿意为她远离故土、终老他乡，一个甘心陪他艰辛劳作、颠沛流离！

外来不务工人员

石龙石碣一带的废旧轮胎市场，基本被我们老家县城的人所垄断，他们主要做海外轮胎走私及旧胎翻新。我一个远房表哥在那有个小档口，我去过一次，对这行当算是略有了解。

2006年我们承建增城三江镇的三照电子厂，没想到东莞的轮胎市场正巧搬迁到我们隔壁，他们占了一块近10万平方米的地，临时性建筑搭起的档口规范齐整，轮胎堆得像码头的货柜箱，人来车往的，很是热闹。里面菜市场、超市、篮球场、餐馆、网吧等一应俱全，甚至每天还有人售卖一种叫油炸糍粑的家乡特产。在圆形的糍粑锅底，先铺一层调好的米浆，往上放置事先配制的猪肉或牛肉，再撒上葱花、辣椒等香料，然后再覆上一层米浆包裹好，整个放进油锅里炸，捞出来后表面金黄香脆、内里松软可口，十分美味。

起初我每天下班了都会过去买糍粑吃，偶尔也去打打球。有天夜里在里面的小网吧，我记得是在看周润发的《监狱风云》，不知何时开始，身后站了个人，蹭着我的电脑一起在看，情节激动处，他还按着我的椅背晃。我略有不忿，但知道这地方出没的都是老乡，也就并未出声。嗯，这个人就是包公。

我年少时喜欢打打小牌，待到去得多了，跟轮胎市场的人一熟，大家都说同一种方言，加之他们也都认识我表哥，不时地也就会过去一起摸两把。这样一来，见到包公的次数就多了，因为他几乎每晚都在。

我们主要是玩斗牛或是炸金花，场地不固定，一般是在几个档口的办公室流动，牌局所在档主在牌桌上都是要抽水的，谁拿了牛牛，又或是炸金花收了底，会抽出十来块钱。包公是从不上桌的，他负责抽水。因为档主一般在牌桌上一起玩，打的时间一长，特别是到了半夜，收了底的人会常常忘记抽水，档主自然不方便每把都催问，所以包公的重要性是不言而喻的，他的存在显得公正。对输家赢家一视同仁地抽水，大家都没话可说，也避免发生斗嘴的情况，而且买烟买水买夜宵，也都是包公跑腿，所以不只档主喜欢，大家也都乐见包公在场。哪把牌收的底较大时，谁都不介意给包公点小费。散场时，包公把整晚的水钱交给档主，不论输赢，档主也都或多或少地会给他意思一下。

包公人小，大概二十岁出头的样子，皮肤很是有点黑，因而得了这么个外号。别看他身材瘦小，但一双单眼皮的眼睛，却是长得炯炯有神，当真是黑里透亮。他人很机灵，嘴也甜，擅长插科打诨、说笑搞气氛。炸金花底厚的时候，最后起牌前，他往往会配以很夸张的言辞和动作，逗笑大家，缓和场上的紧张气氛。同时他也很懂得察言观色，每逢输家又丢掉一手牌时，他都默不作声，从不惹人见怪。说话什么的也极有分寸，我印象深的，是好几次遇见输家收了底，又忘记抽水时，包公都并不直接开口问，而是看着当夜所在档口的档主，说你别踢我腿啊，人家在数水钱了。听他这么说，收底的人就显得很不好意思，立马会把水钱递给包公。如此几次，再有人收了底忘记抽水，旁人也会打趣提醒，说快抽水，别害包公挨踢，大家就都笑了。偶尔，包公也会凭感觉跟着某个玩家一把牌押个一二十块钱，但并不频繁。牌桌上他最是欢快话多，精神比谁都好，看得出，包公是真有点乐在其中。

有些奇特的是，包公没有正经工作，听说是从来没上过班，没有任何职业，偶尔某个档主临时缺人手，他会帮着去装卸轮胎，极少的时候，会去割割胎皮，但从不固定做事，他那种状态，“三天打渔两天晒网”都不足以形容。我们年龄相仿，彼此混熟了，我问起过他，他说原来也进过厂，干了几天出来了，“太熬人了，受不了，累死累活才刚够花，去××的”。我劝他说这样下去也不是办法啊，他很潇洒，“走一步看一步，先混着，再说吧”。有一次，他还问我工地上是否有适合的事做，我跟他详细介绍了一番。过后他还真到我们工地来了，我带他转了一圈，他一直没吭声表态，此后也再未提及这档事。

我知道，他其实是想做点小生意，但一没本钱，二没门路，根本不知道从哪里入手。

在牌桌上，曾经也有人拿他开涮，说你就是去厂里面骗个老婆也好啊。他就笑，说累死累活挣的钱泡女孩子都不够，养老婆？怕不好想。大家就七嘴八舌了，有人批评他，说你也不怕饿死？有人就看笑话，说他有一文吃一文，一人吃饱全家不饿；有人表示羡慕，说他胆肥，什么都没所谓，过得潇洒。在那个年头，劳动力还是买方市场，多少人背井离乡进厂打份工，都还得找关系送礼，就没见过有人像包公这副德性的，我们大家就一致承认，说他是已知的最×的×丝。

我在那工地待了半年多就被调走了。大概一年后，我带工人回三照电子厂做维修时，便没见到包公了。后来有次问起我表哥，他说那人早没音信了，“从不正经做事，早晚是做强盗、骗子的料”。我有点愕然，印象里的包公机灵懂事，看上去不太像那种人。

此后我漂泊日久，在其他地方也遇见过几个像包公这样的外来不务工人员，说起进厂，他们和包公形容得如出一辙，说一年到头累死累活，受管受气，存的那点钱，啥也干不成。更有甚者，说是怕累出一身病，搞垮身体，说厂里面待久了，一辈子就毁在里面了。这些人好高骛远，高不成低不就，当真是属于盲目流动人口。那些自身一有关隘，或是每到年关，铤而走险干出违法勾当的人群中，往往就不乏他们的身影。唉，希望包公不会沦落到那般田地。我跟他打过那么久交道，他不上进，人也懒，不太理解自身在社会中的处境，应对方式也很不恰当，但我知道，他是个有想法，也是个在追问的人。

扯远了，倒是偶尔会想起包公，说不清是因为什么。仔细想一想，搞不好自己对他怕是有着一丝羡慕也说不定。我到东莞来16年了，其间断断续续的也有好几年时间没上班，但一闲下来，不是想着马上找合适工作，就是琢磨自己做点什么小生意，比上班还奔波劳累，着急焦虑得很。即便在职场上，好几次面对一些不堪的人和事，我也曾“去××的”，辞工拎了包就走，但立马又会寻思着干点什么，从不曾对强大到无处不在的阶层压力，做出过“去××的”彻底抗争。想想包公，说他好高骛远也罢，说他死懒也罢，我自己终归是不曾有过他那一份决绝和魄力。

唉，其实真还挺想知道，今时今日的包公，活得会是怎样一副模样。

小摊小贩

第一次看见小头，是在我的宿舍里。他表哥在工地项目部做资料员，同我很是要好，于是介绍了小头从四川过来做我的专职测量助手。大巴晚上才到，一下车他表哥便带着他先来了我这。他身上穿着校服，脚下是一双破旧的球鞋，提着个很大的塑胶箱子。他表哥在背后推他肩膀，他低着头怯生生地叫了声师傅，我们就这样认识了。那一年，他17岁。

小头的脑袋看上去略微显小，年纪也轻，工地上的人就戏谑地叫他小头娃儿。他丝毫不恼怒，见着谁都很有礼貌，做事情也很是勤快，测量工具、用品总是打理得干干净净井井有条。虽然项目部有专职搞卫生的阿姨，但自从小头来了以后，办公室卫生及搬扛饮用水，基本就是他承包了，大家都很是喜欢这个勤快懂事的少年。等到他领了头一个月的薪水后，我便留意到他身上开始带着烟，尽管他自己不抽，但经常会给人上烟点火，很是乖巧。

相对而言，测量助手在工地上算是比较清闲的职位。慢慢地人都混熟了，空闲的时候，小头跟我打声招呼，便会各个施工分区都去逛，问这问那的，很是好学。我有时候教他看了蓝图，往往第二天，他就会去请教相应区域的工长，到现场看个究竟。大家也都乐意教他，因为他一贯勤快，谁喊都应，工地上经常能看到他帮各个区域的工长拿东西、弹墨线，又或是跑腿买烟买水。

小头性格谨小慎微，做事十分仔细。测量的时候，他经常会反复提醒我确认点位。所有事情，他都会有自己的看法，很有主见，连有时我和他表哥带他一起去网吧打联机的反恐精英，他都并不会听话地跟着我们猛打猛冲，而是经常端着狙击枪，找个地方埋伏着。尽管战绩苍白，十足菜鸟，但他总会告诉我们，这样他感觉自己能掌控战局。

因为当时我自己年纪也不大，从一开始，我便认真地告诉小头，要他平日里不要喊师傅，听着别扭。

只是这一点，他一直都没听我的。我们在一起待了有半年多时间，小头很是聪明好学，我教他测量计算的基本知识，他一般都能很快掌握，我便清楚地知道，他应该确实是如他表哥所说，在学校里成绩很好。到离开工地的时候，他已经能看懂一般的施工蓝图，会使用水准仪、经纬仪，只是因为知识限制，始终未能完全掌握全站仪。他当时跟我说，是和几个同学约了一起进鞋厂，这个事情他表哥也未能阻止他。走的时候，他找我道别，我问他是否还打算存点钱回去读高中，他愣了一会，说先打工存些钱再说，接着便笑着告诉我，他有同学已经先进了鞋厂，说工厂业余活动多，不会像工地这么枯燥，女孩子也大把。

大概两年后，几个老同事约了一起吃饭，席间我问起小头的近况，他表哥说他早离开鞋厂了，之后介绍他去模具厂做学徒，没干多久又溜了，说是不习惯被约束、受人气，现在在摆夜摊。之前在厂里找了个女孩，年龄不够领不了证，小孩倒是抱上了。他表哥边说边摇头，“实在是管不了，你说他不好好工作吧，他还顶嘴说小摊小贩安逸”，言辞间尽是无奈。我听了一阵默然，知道小头还是少年心性，想走自己的路，妄图掌控战局。

再见到小头，已经是又过了三年，他打来电话，说是从他表哥那问到的号码，知道我还在东莞，这些年其实心里一直挺感谢我，现在在黄江开了个小店，好歹总算安身了，一再邀请我抽空一定要过去做客。

我很是高兴，有一天去大朗，我便打了他电话，顺路去了趟黄江。在一个工厂的后门附近，他开了家小小的士多店，我到的时候，他已经站在门外等着，在南方晒得黑红黑红的脸上，依旧挂着我熟悉的笑容。他很高兴地问我喝什么饮料，我说不用，他说那就吃西瓜吧，弯腰去开冰柜。他老婆站在店里说，外面冰箱还有半边刚切的。他起身搓着手，笑着对老婆说，“你晓得啥子哟，我师傅来了，必须要切个大的好的。”坐下来一起聊天，他告诉我女儿在附近上幼儿园了，现在和老婆一起看这个小店，也不累，等以后想整间大点的门面，把老人也接过来，一家人在一起，也帮帮手，另外就不用请人了。聊了很久，其间我都没问起他当初说一定要存钱再读书的事，倒是他一再提及“当初你那么用心带我，也是自己不争气，但心里还是晓得，就是没机会表示感谢”。

因为有事要办，后来我起身要走，他一再挽留，说接到电话就要老婆去买好菜了，一定要吃个饭。我说确实去大朗有事要办，是抽时间才顺路过来看看的。他便又拿出一条烟，非得塞给我。我再三推辞，直到答应他改天一定再过来做客，他才罢手，只是又坚持着把我送到路口了才回去。

写下这些文字，脑海里浮现出17岁那年的小头，脚下仿佛装了弹簧，走路都轻快得带着弹性似的，多么青葱的少年！想起他说要整间大门面的话，我突然间就觉得，做个安逸的小摊小贩，是挺好的，确实。

无助的人

一

这都是些真实的往事，十几年来，在异乡孤独的深夜里，我曾经很多次地想起他们，想起那一道道令人唏嘘的身影，内心每每汹涌起伏。尽管在某种程度上，对于他们，我只是个看客，和他们的生命并无深刻交集，甚至其中很多人，都根本未曾说过几句话，然而他们悲苦的际遇，依然如此深刻地烙印在我漂泊的生命里。

二

2003年，东纵大道旁，一幢近百米高的商住楼，基础是直径1.2至2.8米不等的挖孔桩，需要从地面挖入中风化岩石层，挖掘深度30至40米，完全是人工作业，没有送风设备。开工前先放鸟笼确定空气质量，每挖深1米即刻浇捣混凝土护壁防止塌方，挖凿出的泥土岩石完全用人力摇吊上地面，没有电动设备。有一天包工头抓住一个工人的脑袋按在桩孔边的岩土堆上殴打，我见了赶紧过去劝说阻止。挨打的工人是包工头从樟木头带回来的，这类工人的薪酬，个别就只是包工头笔记本上的数字。工头嫌他偷懒，出工不出力，停手后还踹了几脚，恐吓他说“信不信我把你扔进孔桩浇混凝土埋掉你？”那名工人半边脸上全是泥土，疲惫惊恐地瘫坐在岩土堆上哭泣，看上去也就十六七岁的模样。

三

2005年，某某镇，工业厂房三层梁板浇捣时，一个混凝土工人连人带斗车从提升笼与楼面之间的桥架上摔了下去，中途挂着手臂，伤了骨头，出院后留下点后遗症，要求工伤补偿。工头不置可否，一直拖着。不久后的一天，我们项目部办公室有人说有东西被偷了，去搜查工棚，结果从摔伤工人的包里搜出一名工长的茶杯以及一份劳改释放证明。工头和领班教训恐吓摔伤工人，直接将他从工棚一路用脚踹出了工地。这件事我一直心怀疑虑，对我们项目部那些和包工头走得很近的同事。

四

也是在这个工地，那个时候混凝土还都是现场人工搅拌，即使大面积浇捣楼面，也是用人工一斗车一斗车地往上拉。冬天的下半夜，值守夜班的我和混凝土工人一起在楼面放了个铁桶，烧火取暖。一个贵州的混凝土工人，年纪有五十多岁了，一块烤火时聊天，说起跟他们工头已经干了八个年头，我问起工钱，他愣了好一会，说至今大概一起领了不到一万块钱，接着说他们工头承诺过，等以后他干不动了，会给他一笔养老费。旁边有工友骂包工头太黑了，老工人神色黯然，说也是自己没办法。另外有工人说在其他地方也见过类似的情况，有的是被人从山沟里带出来，自己都不知道怎么回家的那种。大家七嘴八舌，说起各自见过的黑工头，群情激愤，只是贵州的老工人一直面无表情，苍老的脸上沉静如水。

五

2004年初，某镇，亚太地区最大的家具厂，每一幢单层厂房的面积都接近26000平方米，长向260米，短向99.99米，天然基础，进行混凝土作业的班组很是奇怪，里头有几个人总是不干活，只在旁边看着。后来我才知道，那是打手。出工收工干活时，都在旁边监督工人，听说夜里睡觉也开铺在工棚门边上，堵住门口。后来有一天晚上加班浇捣垫层，中途停电了。因为作业区域大，趁着黑漆漆的，有胆大的一带头，工人一哄而散，打手抓捕不及，听说最终当天夜里还是跑掉了6名工人。

六

某镇，工程做到正负零，有一个混凝土工头当作笑话在工地上讲，说他最近去樟木头带了批工人回来，结果发现其中有一个怪怪的，做事迟钝，有时看人眼神直愣愣的没有焦点，半夜起来还在工棚一会悄无声息地走动，一会狂喊乱叫，打了几次证实大脑确实有问题，而且赶还赶不走。他工头大叫晦气，安排人把那工人带去另外一个镇，扔在了一个荔枝林边上。没想到当天夜里那工人居然自己又走回了工棚，说要吃饭。无奈之下，他大叹晦气，花钱找了辆面包车，把那工人扔在了隔壁市郊区的山上，“那么远，肯定不知道走回来了”。

七

某镇，同一家家具厂的二期工程，一名年轻的工人收了工在工棚睡觉，早晨再没能醒过来，据说是身体有暗疾，突然暴病而亡，并不予认可工伤。他的父亲从老家赶到工地，被建筑公司、建设方及相关部门踢足球一样相互推诿，整天拿着一叠资料蹲守在工地上，求告无门。有一天我见他又在项目部门口徘徊，便从办公室给他搬了个椅子出去。我能做的也只有这么多，只是他却十分感激，几近落泪，一而再再而三地说谢谢。过后每见到我从办公室出来都会起身打招呼，让我很是觉得辛酸。事情的处理结果我不得而知，只是这个老男人那悲痛绝望的神情和他脚上破旧的绿色胶鞋，一直都让我难以忘怀。

八

2003年，某区某知名商住项目，一名工人登上塔吊，手脚并用爬到了吊臂的最末端，要求包工头支付劳动薪酬。事件造成了工地停工，公安、消防、医院都到了现场。底下观望的人多，远远地能看到工人坐在三角体状的吊臂下端，双手紧紧挽住吊臂上横杆，尽管声音根本传不到地面，但他仍然不时在对着底下的人群大声叫嚷着什么，情绪很是激动。我当时正在放线，多次用经纬仪观察他。大概只有我，透过仪器看清楚了他脸上的绝望和泪水，那种偷窥，令人伤心。没过多久，围观的人越来越多，治安队不得不在工地门口设置了临时护栏。结果包工头迫于压力出面爬上去进行劝说，工人得到承诺爬下塔吊后，即刻领取工钱离开了工地。不想第二天，又有工人在清晨上班前便爬上了同一台塔吊，诉求也是讨要工钱，在得到支付工钱的承诺后，刚爬下来便被治安队铐走了，听说再没回工地，也不知道最后的处理结果。再隔天，公司便要求架子班组用毛竹在塔吊驾驶室下方四周都做了隔离，除了驾驶员从塔梯开锁能上去外，因为毛竹平台不能承受人体重量，工人想爬塔吊也都再没了爬上去的路。

九

打工这些年，我见过一些人几乎只挣钱不花钱，但在沙田遇见的那名钢筋工，是个极致。工地上都说他一两个月的开销就只是一包盐，刷牙洗澡用。还经常要求晚上加班，不限于钢筋班组，不限于做什么，能干的体力活都可以。东莞的气候，基本只要出太阳，室外就是热浪袭人，工地上都是体力活，钢筋工烈日下作业一般都会戴着手套，避免手被扎伤是其次，最主要的原因是，钢筋的温度在阳光的照射下会比气温高很多，若是用手直接触握，说会烫掉一块皮都并不夸张，这种情况下劳累一天还主动想加班的，我在工地十多年都很少听说。那名工人我见到过很多次，个子不高，又黑又瘦的，不知哪来那股力气，一直也就好奇，在他背后该又会是有着怎样的故事？

十

恢宏的时代下，无数卑微的人背井离乡，在变革的洪流里被裹挟向前、身不由己！如果这是一个涅槃的时代，希望这个时代记住他们悲苦的人生，希望有更完善切实的社会保障及管理体系，而不仅仅是新闻里的关怀、节日里的慰问！当我记下这些往事，回过头望向他们崎岖的背影时，仿佛有种与他们的命运休戚相关的共鸣，让我内心难心自持地感动。

我想我们所有人，其实都走在同一条道路上。

贰 中篇

我的奶奶

一

奶奶去世那年，我即将中专毕业，收到噩耗，急匆匆地往家里赶。买的应该是有座位的票，然而在我的记忆里，我却总觉得自己是蜷缩在火车上的，孤零零地蜷缩在世界的角落里，感觉自己已经被一切所遗弃，一路在绿皮火车的轰鸣声中抽泣着，去给我在这个世界上最亲最爱的人奔丧。

二

奶奶是我爷爷二婚的妻子，嫁过来后，生了三个儿女。我最小的姑妈刚学会走路没多久，我爷爷撒手人寰，奶奶独自抚养三个儿女成人，寡居到老。我家里祖辈都是做木匠油漆的手艺人，我太爷爷从异乡漂泊到湘南的一个小乡村，落脚安身，独门独户，家里极为困苦。我爷爷的两次婚姻，娶的都是更为穷苦人家的女儿。我从小到大，一直没见过奶奶和娘家的亲戚有什么来往。住在农村，家里却并无土地，奶奶几十年都是靠养鸡、养猪和做米酒，维持整个家庭糊口度日。在我记忆里，奶奶从来都是极度节俭的，我稍懂事后，便看到过奶奶在外面见着有大块的石头，她抱了回家来，说以后如果修房子，可以用来下基脚。而炒菜时如果不慎放多了点油，奶奶都会很细致地铲回到油缸。我读小学后，有次嫌菜不好吃，奶奶跟我说起她小时候，说有时候根本没有饭没有菜，就是把盐炒化在鹅卵石上，舔着咸咸的鹅卵石，吃糠吃菜根。而我记忆最深的是在我年幼时，村里唯一的小店偶尔卖包子，我记得自己曾经跟奶奶吵着要吃，她说那个不好吃，我们回家自己包。但大约是当天，又或者是在隔天吧，她终究还是没有包。我年幼心性，想起来了便接着吵，奶奶就训斥我，又或是还打了我，说我们买不起。我并不记得自己当时多大年纪了，也已经不记得自己当时是否有哭泣。

三

我读小学后就知道了，奶奶是从来都不舍得花钱的，家里每一分钱的开支，都是奶奶深思熟虑后才做出的决定。虽然节俭，但是奶奶对我却是极好的。从我不足一岁起，便是奶奶独自抚养我长大。我出生时，身体带有点小缺陷，从没喝过一口母乳，身体很虚弱。家里条件不好，但从我记事起，奶奶每天早晨都会给我蒸一个鸡蛋，和饭搅混在一块，做我的早餐。每次我过生日，奶奶都会炒我喜欢吃的红萝卜，还会杀一只鸡，鸡腿鸡胸肉分几顿都给我吃。奶奶惯着我，一年会给我过两次生日，公历一次，农历一次。时至今日，蒸蛋、红萝卜、鸡腿依然是我的大爱。

家里穷，极少会去买肉，但奶奶每天都要去野外割猪草，不时地就会抓回一两只青蛙，一般会在水缸里先养一天，奶奶说是让它吐吐泥，隔天那便是我的大餐了。每逢奶奶抓回青蛙的时候，我便长时间趴在水缸边上，看着青蛙游来游去，常常看得入了迷。

我从小也没有零食这个概念，家里也几乎不买水果。但有一次学校组织春游，全校老师同学在校门口列好队，准备出发时，奶奶远远地一路小跑过来，手里拿着一个苹果，不停喊我的名字。她年幼时在旧社会包过脚，跑起来步履会和常人略有差异，而且一路跑还一路喊我的名字，旁边同学便纷纷侧目。我那时年少幼稚，觉得她丢了我的丑，恨不得找条地缝躲进去。等她到我跟前了，我便气急败坏地说我不想吃苹果，冷漠地喊她快回去，奶奶并没说什么，把苹果塞我手里便走了。这个事我一直印象深刻。多年后，在某次又回想起来时，我突然想到，农村里早晨是没地方买苹果的，奶奶是早就买好了的，可她为什么不在我出门时拿给我？她认识我们学校很多老师的，一问便知道我在哪个班级哪个队伍里，可她为什么要那么大张旗鼓一路叫喊着来找我？细细思量，我才明白过来，她是为了我，是为了做给别人看，为了让别人知道，即使我是个有缺陷的小孩，家里还是很重视的，是当作宝一样的！在那个年代，在南方的农村里，苹果实在不是常见的东西！从那次想明白了这些，再往后好多年来，这件事我都总是不忍心再想起。

四

奶奶为人处事从来都十分谨慎小心，非常在意和别人和睦相处。长大后，我才明白，在农村独门独户的人家，本身就容易受人期负。想起那一次，我真是对不住奶奶了。

我年幼时也比较调皮，有一天和其他小朋友一块玩游戏，不记得是什么原因，我一把将他推倒在地上，他哭着跑回家，不一会他家人就带着他上门来找奶奶理论了，结果说着说着就吵了起来。最后那人对我奶奶说，你看看你孙子，缺德人家才会生下这样的人。奶奶抓狂地想要扑上去，被邻居拦住了。那人家在村里比较强势，被邻居拦住后，奶奶拿出切菜的菜板，到门口用刀开始空砍菜板。那是农村人喊冤的方式。奶奶边砍边说他们这样欺负人，一定会遭天谴！

那天夜里，奶奶气急打了我，问我为什么要去惹别人。我成年后才明白过来，自己的这次顽劣，让奶奶受了多么大的委屈！也才懂得，在农村里，谁家生了有缺陷的小孩，是会让别人看不起的，背后也会有无数的闲言碎语。想起来，我自己天生的小小缺陷，曾经不知道让奶奶受了多少委屈多少苦！

五

我的奶奶，是个不识字的农村女人，艰辛劳作，毫厘算计，精打细算维持整个家庭的生计，在贫苦焦虑中度过了她的一生，一辈子到老也没过上任何安逸日子。她年纪轻轻就守寡，独自抚养三个儿女长大，后来又帮着抚养孙子、外孙。我父亲年轻时做生意失败，跑去东莞躲债打工。奶奶把养鸡养猪卖米酒挣的钱，一分一分省下来，凑着帮我父亲还债。记得那个时候，我已经能帮奶奶做些事了：我会抓苍蝇、拾稻粒帮奶奶喂鸡；我会去集市捡别人吃完扔掉的西瓜皮，一袋一袋背回来给奶奶熬了喂猪；我会到处去捡桃核，回家砸出桃仁，凑到一定数量，给奶奶拿去卖钱；奶奶做酒的时候，我会守在灶旁，帮奶奶扒添柴火。然而我所能做的，终究只是这些细微小事，所有的苦，都还是奶奶一个人吃，她早早就驼了背，常年腰痛得厉害，每天仍然要去野外割猪草，每次做米酒，都是一个人艰难地挪动蒸炉、挪动沉重的酒缸。我长大后去到城市，我再没见到过像我奶奶那么驼背，像我奶奶脸上那般深如刀割、满脸皱纹的老人！

却偏偏在我毕业那年，在我即将可以挣钱的时候，我的奶奶离开了我。那么多年，我们相依为命，奶奶含辛茹苦把我养大，到最后却是一天都没享到我的福。恩深似海，未能报答，我的愧疚和遗恨啊，多少次在内心潮汐般地泛涌。

六

去年我的儿子五岁多了，清明期间，我带他回乡祭祖，有天顺便带他去看了看我原来和奶奶居住的祖屋。房子已经出售多年，当天门是锁着的。我站在门口，哽咽着告诉儿子，“爸爸就是在这里长大的，原来和你太奶奶就住在这个房子里。”儿子调皮地问这问那，对我说，“那你想你的奶奶吗？”我摸着门上尚未被更换的铁栓，一瞬间，已然满脸是泪。

七

在有些晚睡的深夜，在有些较早醒来的清晨，常常在空闲独处的时候，甚至偶尔在等红绿灯的间隙，我都会突然地想起奶奶，想起家门前那凹凸不平的土路，想起家门口那棵梧桐树，想起家里那总是嘎吱作响的木门，想起门旁边我年幼时爬进爬出的狗洞，想起晚上好几个酒缸一起冒气泡的波波声……

我很多次梦见过奶奶，最清晰的一次，是梦见她喊我回家吃饭，我清楚听到的，是我儿时最熟悉的声音，“攀仔哦”“攀仔哦”，醒来后心里空空荡荡，不觉潸然泪下。

八

奶奶，我愿这个世界的背后，真的有天堂，在那里，我可以再见到你。

第一份工作

一

烈日下，我已经走得有些晕眩。十几天了，我一直步行，走遍了附近几个镇区内所有的在建工地，一次次跟保安说尽好话请求允许我进入，一次次拘谨掏出自己可怜的中专毕业证，一次次用礼貌得近乎卑微的语气，说我只希望有个实习的机会，没有薪水也可以，最后一次次被以缺少经验为由拒之门外。

二

背包里装着两套换了没处洗的衣服、一条毛巾、一本测量书，贴身口袋里放着仅剩的几张零钞。道路上，蝗虫似的摩托车穿梭往来，仿佛也受不了天气的炙热，每一辆汽车都在放肆烦躁、尖锐地嚎叫，东莞的天气，总是如此的燥热难耐。走过一条又一条尘土飞扬的街道，我喝光了瓶里的自来水，收起有些发烫的空瓶子，尽量让自己不去看路边的冷饮店以及摆在店门口一元一块的大红西瓜。琢磨着今晚住哪里，明天吃什么，终于一狠心，把毕业证塞进包底，再拿起衣服压了压，转过身，开始留意工厂门口的普工招聘启事。走进招工摊前排好的队伍，快轮到自己时，我舔舔嘴唇，舌头往回缩，用力咂嘴做了一次吞咽动作，滋润一下干燥得仿佛说话都困难的喉咙，递上身份证，进行了简短问答、填表，我有了自己的第一份工作。

三

狭小的单间宿舍里，分两侧摆着四张铁架床，上下铺，住八个人，中间的过道，如果两个人同时进出，就必须都得侧身而行。刚到那阵子，宿舍充盈着一股汗臭味，只是后来一习惯，气味慢慢就消失了。之前里面已经住着四个老员工，和我一起新来的，是广西的两个男孩、贵州的一个大叔。见到我们，几个老员工都是毫不搭理，开口询问什么，回答也就简短冷漠，面无表情。后来才知道，工厂宿舍里，新来员工住两天偷了工友东西就离厂的事情，工业区里几乎每天都在发生。

四

广西的两个男孩，是一个村里一块长大的伙伴。因为年龄相仿，聊几句便算认识了。当天夜里，我们一块去厂外地摊上买了点洗漱用品，也都花八块钱带回张凉席，铺在铁架床木板上，再将叠好的衣服当作枕头，躺上去硬邦邦的，很是硌人，便才发现同宿舍几个老员工的凉席下，都垫有一块块拼好的泡沫板。于是我们连夜又去外面跑了一趟，买回来的一张张泡沫板，都带有能彼此吻合的齿边，上面画有五颜六色的图案，价格很是便宜，依样拼好垫了在凉席下，再睡上去便舒服了很多，只是泡沫的气味有些刺鼻。好在大家都并不在意，出门在外，无法确定落脚的地方是否安稳，大家都是一样的心思，越简单才越方便。

五

第二天便进了车间，我分到的工作是在流水线上用压件机给塑胶件打孔打边，左手拿件放入机器，右手按压操作完成打孔打边，左手即时再次伸出，拿起皮带线上传来的新工件接着往机器放入的这个时间段，右手须将上一个完成件拿出放在皮带线上并缩回来继续新工件的按压，简单机械，周而复始，毫无停歇间隙。视产品的不同，每班会有4000至6000件的任务量，未按时完成便会延迟下班，有返工件整条线都要一同加班整改。车间里燥热沉闷，产线管理很是严苛，需要喝水上厕所，唯一巡线的组长便会过来顶位，每次只能走开一个人。喝水超过三分钟，罚款；上厕所超过五分钟，罚款；顶撞拉长组长，罚款；吃零食嚼口香糖，罚款；聊天说话，罚款……条例千奇百怪，甚至中午吃饭时间也只有30分钟，人多排队耗时长，为了多扒几口，几乎就得一路小跑着来回。一个白班下来，只有下午3点有20分钟休息。到了时间，一关停皮带线，关上一部分灯，所有人便都会长出一口气。能抢到少数几个休息座椅的，便可以舒适地仰躺一会，大多数人都是趴在流水线上眯一下，也会有蹲着的，或是起身走动甩手蹬腿的，但很少会有人出声说话，整个车间寂静得能听见所有人疲惫的呼吸。

六

进来几天后，我们便不幸地听说厂里出粮并不准时，招工启事完完全全就是个广告，实际上厂里一直都压两个月工钱。贵州大叔进来一个礼拜不到，便不见了踪影，一声未吭，他挂在晾衣绳上的破毛巾，隔天便不知被谁扯下来扔进了垃圾桶。广西的两个男孩问我什么打算，走不走？我当时口袋里剩了不到100块钱，不置可否地说先看看，他们便也犹疑着半个月后才提出辞工，主管却并不批准，说是到年底一定会结清当年工资。回宿舍一说，一个老工友接口就骂，狗屁，年底能结清去年我早走了。广西的两个男孩便决定工资不要了自离出厂，然而他们却带着个大皮箱，保安不给放行。折回来把情况一说，大家都很愤怒，却也无计可施。见他们焦急无奈，当天夜里同宿舍的一个老工友就出主意，说办法也不是没有，你们看宿舍那头不是靠着围墙吗？给一个人先去外面等着，另一个半夜躲开宿管，去三楼把皮箱扔出去。然后跳到树上滑下去就挨着墙了，跳墙上再翻出去，不过可得小心，被抓住就不好玩了。这个办法有人反对，说宿管可是通宵值班的，也有人认为可行，结果争吵了半个晚上。倒是广西的两个男孩一直都没怎么吭声。

七

几天后我一早醒来，广西的两个男孩便不见了，宿舍里也没了他们的皮箱。我总疑心着他们是真爬树翻墙出去了，后来便抽空去宿舍三楼看了看。边上走廊栏板确实挨着围墙边的一棵大王椰子，但距离差不多有1.5米，我自己身高1米85，然而在心里掂量了几回，想若是要我去跳，估计自己还是断然下不了那个决心。

八

我在那家工厂里做了一个多月，后来有老乡介绍工作便离开了。流水线上的活，一天下来，浑身酸痛，身体要散架似的，眼睛也干涩刺痒，一下班回宿舍，瘫在床上便不想再动。而鲜活的生命被连接在机械冰冷的流水线上，毫无停歇的劳作，更是一种折磨，日复一日，看不见自己年轻生命未来有任何一丝明媚，压抑得就像是浑身被困在胶水里，只剩了两个鼻孔在出气。

到走的时候，宿舍的工友开始叫我×毛。那个时候，我已经清楚，在这种丝毫不带恶意的称谓下，意味着他们对我的认可和接纳。

我中专学的是工民建，或许因为这个原因，离厂那天，我一个人待在宿舍还数过地板砖，500毫米×500毫米的尺寸，开间是5块，进深是10块，面积是12.5个平方米。我还清晰地记得，那个叫永联的工厂一直欠着我32天的工资，那是我的第一份工作。

九

大约十年后的一天夜里，我在自己家里从梦中惊醒，浑身是汗。在梦中，我回到了当年，背着包，焦虑地奔波在无数条尘土飞扬的马路上。一切都是那么的真实，起身来喝水抽烟，天边即将拂晓，再也未能入眠。那一年，我即将满20岁，当年炙热的阳光，仿佛依然晒在我的脊背上，人在异乡，举目无亲，担心着晚上住哪里、明天吃什么，那种茫然无助的恐慌下急于找份工作的焦虑，似乎从未离我而去。这么多年来，它在我生命中打上了如此深刻的烙印。一直以来，遇见那些在工地在产线上劳作的人，我从来都是十分敬重，自己体会过，深刻懂得其中的艰辛困顿。人离乡贱，当他们在异乡低头，干着那些最苦最累的活时，或许不只为自己糊口，也还为撑起身后的一个家庭！

我坚信，所有的，每一步的艰辛，在这人世间，定然值得有人铭记！

善良的陌生人

我朋友的家人遭逢不幸，他回乡处理后返回东莞，深夜坐摩的回厂，一路吹着风，悲伤难受，等到了目的地，周遭黑灯瞎火的，我朋友情绪失控，蹲在路边呕吐哭泣。他后来跟我提起说，摩的司机一直没催他，可能有两三分钟时间，等他稍微平复些站起身时，那司机对他说，年轻人，什么事都总会过去的。朋友告诉我说当时付了钱一声没吭就走了，“但过后想起来，真的好感激他的善意”。

我曾经也受赐过一个陌生人的恩情，一个在工地依靠出卖体力谋生的老人，为了帮我澄清一点委屈，他丢掉了自己的工作。从我走上社会，至今十几年，我记得自己就只对这一个人有所亏欠。

多年前读书时，和老师同学讨论人与动物的本质区别，迄今我最为认可的答案依然是，在弱肉强食的自然界，只有人类会设身处地地去同情并帮助弱者。

生而为人，亲情爱情友情、人间喜怒哀乐、困苦艰辛，诸如此类，所有人情感上是共通的。一切价值认可、感情归属，也都具有普世性。也许是爱人背叛，也许是亲人离世，也许是事业失败，也许是被人欺辱，想必你也曾为他人诸如此类的遭遇动容，也曾对陌生人的悲惨际遇感到惋惜心疼，并想起曾经某一时刻的自己。

不如意事常三四，人世艰辛、坎坷不易，或许谁都会有艰难困顿，甚至伤心绝望的时候，会在某一个瞬间觉得自己孤立无援，会在某个地方情绪失控、伤心哭泣，谁都会经历，谁都会走过，谁都会有难受、委屈、隐忍、自己独自默默忍受的时刻。如果在某些际遇下，有陌生人给予哪怕只是微不足道的小小善意、些许温暖，我想，那一刻的感动，引发自我们人类共通的人性之善。

我常常会在心里想起自己的亏欠，遗憾的是，我永远都没有机会去报偿了，也就总是想，我或许只能在这人世间，在合适的际遇里，再向其他人传递那份柔软的、代表人性良知的陌生善意了，以此为报吧。

雁南飞

一

小鸟这么个外号，是我给他起的，虽然他大我五岁。原因嘛，说来有点好笑，每次我们一起去网吧打《反恐精英》，他都嫌我水平差，骂我是菜鸟、大菜鸟，简称我为大鸟。

二

我们相逢在一个叫地王广场的工地，项目挺大，有三十多万平方米。在十几年前，这算是正儿八经的大楼盘。工地分为四个区，小鸟是一区的区长，我开始在二区，当时我入行不久，个性耿直，和二区的区长偶有不睦，后来是小鸟接纳我去了一区。如今想来，不过都是些鸡毛蒜皮、不值一哂的钩心斗角，然而当时，他却实实在在给了我很大助力和安慰。加上杨哥，我们三位工长在一区搭起了友谊的铁三角，大家关系融洽，做事从不推诿扯皮，整天上班下班有说有笑的。想起来，那是迄今为止我在职场过得最为欢快的一段时光。

三

小鸟长得较为壮实，个子不高，皮肤偏黑，是那种站在工地旁边，路人一打眼，就会认为他是在工地里上班的人，嗯，典型一副工程人的模样。这个人吧，性格开朗外向得有些过分，从来都是笑眯眯的，于他而言，世间仿佛就没什么困难烦恼，什么事在他眼里都是小事，当真是我见过最为洒脱的人。他口才好，经常在工地上把工头领班说得一愣一愣的，大家都说跟不上他的思维。他经常教育我和杨哥，说去找工头说事前，“一定要像发射火箭一样，10、9、8、7、6、5、4、3、2、1，想得面面俱到了，再去点火”。我们三个人，他工作上是领导，生活上十足像兄长，经常跟我们吹他辉煌的情史，整天教导我们怎样泡妞，带我和杨哥去主山的歌舞厅学跳交谊舞，示范怎样搭讪陌生女孩。我和杨哥在这方面都不怎么上道，特别是杨哥，经常得被他踢上几脚，才敢在舞厅昏暗的灯光下走向陌生女孩。我们那时对他很是信服，因为小鸟是带着女朋友来工地的，那女孩20岁不到，长相靓丽，就在工地附近的超市上班。待到大家很熟了，小鸟才告诉我们，那女孩是他从老家带出来的，因为家里不同意他们俩，于是他带着女孩私奔了，所以才来的东莞。

显然，那个时候我对小鸟是颇有些崇拜的。这个兄长，我跟着他去舞厅学跳舞，鼓起勇气第一次走向陌生女孩；跟着他上夜班偷溜出去打台球；跟着他，脱光上身在路边吃烧烤、穿着水鞋去逛沃尔玛；跟着他，戴着安全帽进肯德基餐厅；也是跟着他，第一次去吃西餐、第一次进洗脚城……想起来，那些时光，可真是叫人怀念！

四

天下没有不散的筵席，铁三角中，我最先离开那个工地。闹了点不愉快，起因是我在对讲机里对混凝土领班下达工作要求时，对方在对讲机里辱骂了我。小鸟试图和解此事，但对方认为他只是说了两句口头禅，我跟项目副经理反映，他说去了解一下，但之后再没下文。小鸟劝我，说出门打工，差不多就算了。领班的表哥就是混凝土工头，外号大胡子，经常去樟木头收容所带劳动力出来，他的工人，相当一部分是没有工钱的，据说有点黑社会背景，人长得满脸胡须的，面相看起来也很不友善，传闻有一天晚上他追尾了别人的车，对方是直到交警到场后才敢开门下来。但那时我年轻气盛，没领小鸟的情。有天晚上项目部开例会快结来时，项目经理问谁还有什么要说的，我起身叙述被辱骂经过，怒斥了混凝土领班。大胡子显得有些惊讶尴尬，一直没吭声。同样惊讶尴尬的还有小鸟，但他很仗义，作为我的领导，他还是站出来替我说了话。姓谢的项目经理一直端坐着，容许我做完这一切，直到我拂袖离场，他都不曾干涉制止。

五

我走后不久，小鸟也离开了，说是和领导发生了争执。他性格耿直，一向不太理会那些弯弯道道的事，想来也待不长久。具体原因我不曾细问，因为当时，小鸟和私奔带出来的女朋友闹分手了，他离职后还在东莞拖延了很长一段时日，一直也没去找新工作。几次见面喝酒，他状态都很不好，喝醉了，点点滴滴、反反复复地只说起和女友在老家时的往事，现状只字不提，我也不忍问起。最后，他独自黯然回了老家。

大约一年后，应该是2004年吧，他又来东莞了，入职方中建筑。在他上班的阳光澳园工地附近，我过去和他碰过两次面。其中有次喝酒，他特意叫了原先那混凝土领班过来，席间那姓杨的领班并没多说什么，只是频频敬我的酒，最后，我抢着买了单。此后没多久，小鸟又回了老家。我心里一直怀疑，他这次过来东莞，应该是奔着前女友来的，我这兄长呵，实在是个性情中人。

六

再往后，我和小鸟有超过十年不曾联系，直到2017年年中，我登录QQ，见到他给我发了邮件，打电话过去，聊了半个多小时，互述别情。他在老家早已结婚，小孩都快小学毕业了。其间他问起东莞建筑行业的薪资水平怎样，要我帮他留意是否有合适的工作介绍。我以为他是说笑，不置可否地就只是反复邀请他，说你有空了随时过来玩。

七

2017年年底，小鸟给我发微信位置，地图显示他在广州。我打电话过去，他说已经在广州的工地上混了半个多月，我怪他怎么不早说，他说现在不是一有空就想着要过来看看你吗？我马上打电话给杨哥，拉了个微信群，隔天他们就一起来虎门了。

小鸟变化挺大，40岁中年男人的沧桑全都挂在脸上，头发白了一小半，额头有了浅浅纹痕，有些显老，我熟悉的笑脸上，眼睛也不复当年的明亮锐利。大家亲热如故，边喝边聊，点滴甘苦往事，说起来都很是赏心愉悦，不时会心而笑。聊及现状，小鸟几次自嘲，说没想到兜兜转转又得出来打工，羡慕我和杨哥都在这边买房安了家。我和杨哥诉说各自的不容易，小鸟就说，你们混得再差，房子也值个200万呀。我和杨哥便默契地岔开了话题，看得出，小鸟过得不太如意。

饭后我说已经订了包厢，哥几个过去吼几句接着喝。估计是见我混得也就这样，小鸟替我着想，直接要求我打电话取消了订房。在他建议下，我们就近找了个洗脚城泡脚。之后一个钟都还没洗完，小鸟的电话就响了，他说滴滴顺风车过来了，要先走。我一再挽留，小鸟最后说，工地上的领导都还不熟，明早回去迟到了不太好。话说到这份上，我便也只好作罢，起身和杨哥一起送他下楼去坐车。过后安顿杨哥去酒店，两个人躺在床上唏嘘不已，聊到半夜了，我才回去。

八

大概两年前，我和在原先公司的徐姓老同事聚过一次。在那家东莞本土最大的地产公司，他已经做到中高层管理职位。听他说，谢经理已经升为肇庆区域的总经理，大胡子依然还在里面做工头，身家至少几千万了，江湖气还是很重，有次喝醉了，吹嘘说只要是在珠三角，有什么事都可以找他。提及过往，徐经理说佩服我当时的胆量和利落，我只有沉默，细想起来，那不是胆量，当真不过是年少意气用事罢了。

而小鸟的前女友，据我所知，和小鸟分手后一直在做化妆品销售，后来嫁给了一个给酒店配送牛肉的潮汕人，一直在东莞，住在东城某知名小区。因为有别的朋友也住那，我知道那里边，即便只是洋房，最小的户型也有200多平方米，带卫生间的保姆房，一面直通消防楼梯，另一面与户主客厅边的弧形大阳台相邻，房门只可单向开启。这些，我都没跟小鸟提起，他再回来广东打工，想必也不会愿意再翻起这些往事。

我很感慨，为生活所迫，离开自己妻儿，小鸟又来到了南方这块热土。

我和东莞　共赴国运

一

20岁那年，我和这座城市绝大多数外来人口一样，为了谋生，来到这里，迄今已经走过16个春秋。

二

16年来，我在这座城市绝大部分的镇区工作过，待在无数的工厂和工地上，建设着这座城市，参与修建过高100米的商业楼、面积近百万平方米的住宅小区、单跨达到33米的工业厂房，以及无数工厂的车间和宿舍。

我在这座城市挥洒下所有的青春，在这里学得赖以谋生的一技之长，在这里从青涩到成熟，在这里恋爱、结婚、生子，在这里成长为撑起一个家庭的男人，在这里经受过迷茫、彷徨、痛苦，在这里学会了坚强、隐忍、发愤图强。

我偶尔会想起，并一直都清晰记得往日那一幕幕刻骨铭心的场景：

在异乡的深夜里，我和女友相拥无眠，因为失业，我们整晚都在认真地反复规划我们的职业前景和未来生活。那一年，我20岁。

在高百米商住楼的基础下，一条粗麻绳扣住我一条大腿的根部，我呈坐姿双手紧紧抓住胸前的麻绳，两个工人纯粹用人力把我摇下去又摇上来，去到地面下深度在40米左右的一个又一个挖孔桩底部，去验收持力层及扩底是否达标。在那个深度，天空只是一个小圆孔，因为恐惧，所以印象深刻。那一年，我21岁。

在冬夜几十米高的楼面上，通宵裹着棉大衣御寒，在混凝土泵管的沙沙声中，我一次次打起精神，努力睁开自己疲困的双眼。那一年，我22岁。

在三层高在建厂房与提升笼连接的桥架上，一位混凝土工人连人带斗车摔下去时，我从刚拆模尚未清理的楼梯上飞奔而下，脚底板的后跟处被一排铁钉扎开。那么匆忙，不是因为工作职责，只是因为在那一刻，我对那个陌生人的安危心急如焚。那一年，我23岁。

在装修现场，和一个包工头大打出手，因为年轻气盛，更因为对一个男人来说，有些言辞不可忍受。那一年，我25岁。

在东莞楼市跌到最低谷的时候，有好一阵我不停在接私人老板的活，天天熬到半夜做成本分析，因为那个时候，在这座漂泊驻脚的城市，山一样的房贷沉沉地压着我的肩膀。那一年，我26岁。

在东华医院的妇产科产房外，我焦急地等待，惊喜地迎来了儿子的出生降临。头半个月，我在晚上几乎从未合过眼，就那么兴奋、谨慎地看着他、守着他。那一年，我29岁……

三

在这座城市，我结识了自己走出校园后所有的社会关系，他们中的绝大部分人都和我一样，背井离乡来到这里。漂泊的生命，总是更加顽强坚韧；漂泊的命运，也更容易困苦悲伤。十几年来，我见过很多的成功，也见过无数的失意；见过让自己公司上市的创业者，也见过走入歧途、违法沉沦的打工仔；见过吹嘘自己一年破了几个处的包工头，也见过一个月只开销一包盐的钢筋工；见过被买来而无偿出卖劳动力的工人，也见过在车站因为饥饿无助而被别人领走的女孩；见过被从深山带出来，不会说普通话，自己也不会回家的年迈工人，也见过推着斗车，发誓一定要做包工头的少年……如你所知，这些都只是个例，和其他任何有人类聚集的地方一样，这里有数不清的丑恶背叛，也存在无数人性的柔软善良。而在这座城市，我见得最多的，是无数际遇平常，为了养家糊口而在这里艰辛劳作、认真生活的人。这些人是这座城市外来人口的主体，他们作为绝大多数，背井离乡来到这座城市，因为生活，更因为向往并追求更美好的生活。

从受教育程度、文化素养、生存品质而言，这些人并不是所谓的高端人群，但他们都在异乡努力劳作、认真生活，不只是资本，更是他们的辛劳血汗，才使这座城市挣得了“世界工厂”的名号！

四

历史的车轮滚滚向前，在势不可挡的时代潮流里，这座城市，不过也只是浪潮下的一滴水珠。我生存其间，每一天都在建设这座城市，看着她一天一天地变化，也记着她一点一滴的进步。

2003年，收容遣返制度被废除，2004年后，我在东莞工地上再没见过被包工头从樟木头收容所带回来无偿劳动的工人。

2005年春节，东莞市建设局开始大面积在工地张贴欠薪投诉电话，并安排专人巡查，建筑行业普遍存在的欠薪难讨问题，有了很大好转。终于有了地方讨说法，用欢天喜地来形容农民工的反应，应该并不为过。

2007年，东莞市政府主导推广，用“新莞人”取代了“外来工”一词。这一称谓，自上而下，算是在一定程度上，让外来人员受歧视的状况有所改观，“捞仔捞女”的称呼退出历史舞台。

2008年，市政府开始主导推行用工单位为职员购买社保，农民工开始分享经济发展所带来的保障性社会福利。

也是在这一年前后，随着经济的发展，东莞进行市政建设、环保生态问题整治的投入力度越来越大。

2008年、2011年、2015年，东莞先后三次被评为全国文明城市。好吧，不曾生活其间的陌生人，请先别笑，有没有完全名副其实的争论可以保留，但这座城市的努力，相信大家都看得到。我在这里生活十几年，我可以很认真地告诉你们，这座城市确实是越来越文明、越来越包容、越来越整洁、越来越漂亮。请给这座年轻的城市些许包容吧，毕竟没有一天建成的罗马，伦敦当年也曾被全世界称作“雾都”。

五

十几年来，我是这座城市的一分子，这座城市，也是如此深刻地成了铬印在我生命中的一部分。20岁那年，我孤身漂泊，来到这座城市艰辛谋生。这座不断在发展的城市，也见证了我的成长。十几年后，我选择把家安在了这里。我对这座城市饱含深情，我欣喜于她日新月异的进步，但我仍然选择记下十几年前她并不太光彩的些许过往，因为我是亲历者，因为我不曾忘记，更因为我觉得，我们都不应该忘记。

六

这座城市，曾经不过是南粤大地上的一个边陲角落，用了40年时间，发展成了举世闻名的世界工厂，她注定会是这个时代的一个传奇。当然无须讳言，这座城市的常住人口中，接近80%是外来流动人口。这个比例，举世独一无二。面对如此巨大的流动性人口，管理肯定存在很多缺失和不足。话说回来，扔600万流动人口去纽约，美国人未必能比这里做得更好。

这座城市，以低端制造业为主，处于全球产业链分布的末端，既没多少话语权，也缺乏核心竞争力，她急需转型，也正在艰难尝试。在周遭的映衬下，她和我们每一个个体一样，并不完美，有着自己的短缺和无奈，但她始终在奋力谋求改变、谋求发展。

这座城市，是我们民族多灾多难近代史的开篇之地，是我们国家谋求富强、改革开放号角下的先行者，她承载着这个时代变革新生下的很多痛苦和无奈，但她一直都在步履坚定地前行。这注定会是一个伟大的时代，这注定会是一座传奇的城市。你正在看到，她和我们这个国家一起，在复兴强国的征程上，在往前走；你正在看到，她和我们这个民族一起，在涅槃重生。当我们民族，从百年屈辱苦难的历史中站起来，力图再次雄立于世界民族之林时，我们起身追赶，改革开放，我们发愤图强，谋求复兴。出生于这个伟大时代，我离开家乡，投身于改革复兴的浪潮里，既改变了自己一眼可以看得到尽头的人生轨迹，也拥有了更多更斑斓未来的可能。是的，我常常觉得，在这个伟大的时代里，自己和这个古老的民族正在一起，共赴国运！

兄弟

一

老姚总是觉得自己很背。2013年的整个下半年，我们几乎每天下班后都在牌桌上鏖战到深夜，玩一种俗称斗牛的扑克牌。那几个月时间，我们常常下半夜还在厂后门的小路以及附近不知名的小山上转悠，回味感叹一下失意的牌局，又或只是闲聊叹气。记忆中的那些夜晚，炙热沉闷，没有一丝光亮。老姚在那一年的年底，和老婆离婚，卖掉东莞市区的房子，两个人分了钱，夫妻陌路，各奔东西。

二

老姚是湖北公安人，两岁丧母，他父亲一手把他和两个姐姐拉扯大，还供他读了大学，而且是江苏的知名院校，只是专业没选好，学的是有机陶瓷。毕业后没点关系门路，在常州的工厂做储干，进厂头几个月一直都被安排在流水线干活。郁闷之中，被一个高中同学骗来广东做传销。几经辗转，就此彻底脱离了专业本行，最后到东莞长安镇的劲胜精密股份有限公司工作，和我成了同事，他在采购中心，我在审计部。

老姚性格开朗幽默，说话诙谐有趣，沟通能力强，天生是做采购的料，或许因为年幼丧母的缘故，为人处事十分沉稳，很是得领导赏识，入职不久就升为了采购课长。因为聊得来，又都是牌桌上的难兄难弟，我们成了几乎无话不谈的好朋友，有任何活动，基本都会喊上对方，彼此脾性相投，视若兄弟。有一次他输得身上没钱了，因为周末我要回家，我便掏出身上所有的钱给他，一起是4000块，跟他说周末你去试试，输赢算我一半。他接过钱，并无其他言语。隔了两天，他也就是一句话告知我，说周末输了不止8000块，不再多说什么。我也便再没有出声问起过这个事。说来凑巧，我们都是那种输干赢净的人，在牌桌上，从来不曾懂得适时收手的道理。

三

老姚是个孝子，离婚前几年有接他父亲来东莞。但因为他自己只有周末才回家，他老婆没生小孩，在离市区更远的镇上上班，老人家很不习惯一个人待在小区里冷清的生活，不久就又回了湖北。老姚就常常会给他父亲打电话，频率很高，聊的时间都比较长、打牌的夜晚也并不例外，斗牛时，经常基本数押着，留些钱在桌上，叫我们帮忙看牌，他自己就打电话去了。他父亲那时已经70来岁，偶尔，老姚会跟我提起他心里的愧疚，说既没能陪在老人身边，出来这么多年，也没混出点名堂，婚一离，倒让老人家更为他忧心了。我在旁边，便只是听着，不知说什么好。2014年的国庆节放假，老姚带着父亲去北京旅游了一个礼拜，回来后很是开心，点点滴滴反复跟我提起在北京的经历见闻，说早该带老人出去逛逛，并告诉我，他和父亲已经约定，2015年国庆，要一起去上海走走。

四

老姚长得比较耐看，白白的脸庞，微胖，戴副眼镜，看上去很是斯文，一天到晚都笑眯眯的，性格幽默有趣，沟通能力强，擅长吹水，和谁都能聊上几句，说话很有腔调，在厂里也一直比较有女人缘。他离婚的事，很长一段时间，周边就我一个人知道。因为周末不用再回家，2014年年初，老姚就更沉迷于牌桌了。有个一直对他印象不错的女孩，是我们同事，也是一起在牌桌上玩的牌友，算是对他比较上心留意，好像看出了点什么，偶尔就问他，怎么最近周末都不回家了？老姚就总回答，说这不是急于翻本吗？那女孩长相漂亮，只是牌瘾极重。据她自己说，从小基本就是被她母亲抱在牌桌上长大的。牌瘾重不说，牌风也豪爽痛快，不让须眉。她和老姚在牌桌上有默契，经常合伙坐庄，即使在下注的时候，两人不论是谁收了把较大的牌，都会打赏给对方二三十块钱，一来二去，很是有了点眉来眼去的意思，在牌桌上常常被大家说笑打趣。好在他们并不忌讳，都是随便大家闹。牌桌上的钱，来去容易，赢得多的，便不时会请客，组织大家吃个饭、唱个歌什么的。这样在牌桌以外，两人凑在一起的时间就更多了，也就越发显得暧昧。唱歌的时候，偶尔应大家要求，会来个什么情歌对唱。那女孩酒量也是极好，有牌友几次想把她灌醉，都未能如愿。倒是老姚，不论在饭桌上还是在KTV，唱酒都很有分寸，大家都评价他颇有城府。连我都并不清楚他喝酒到底有多大的量，反正从没见他喝醉过。即便在KTV大家都会比较放松些，但老姚偶尔喝高了点，也和别人不一样。很多人是喝高了话多，自制力变差；老姚却是一喝到点就不喝了，也不怎么说话，自己找个角落坐着，便只是唱歌。在我记忆里，他每次只唱同一首歌曲：周爽的《感谢》。歌词深情款款，音调婉转优美：

春雨丝丝淋湿着感受
离家已有好几个春秋
青石小巷永远是望不到头
那里住着我的亲戚和朋友
岁月悠悠飘走了追求
回家没有找到合适的时候
小妹的害羞还是否依旧
妈妈总惦记我结婚了没有
许多的事情和许多的问题
解释显然已不能够
梦醒的时候无助的时候

我也学会了喝一杯酒
感谢亲人感谢朋友
你们总是在为我担忧
那温柔的妻子可爱的孩子
一切一切我都会拥有
一切一切我都会拥有

每次一唱这歌，老姚就不再说笑，专注投入，表情深沉，经常会翻来覆去地重复唱。在他开朗幽默的外表下，周遭只有我大概了解一些他的凄凉往事，听着那感伤的曲调，我的心底每每莫名地就会有些感叹。

五

2015年年初，从老家回厂后，老姚告诉我他准备把老家的房子拆了重建，一再询问我的意见，并和我讨论他的建房规划。我知道他并没有回老家发展的打算，几次都劝他把建房的钱在离我们厂不远的万科南部湾付个首付。老姚就告诉我说建房是他父亲的意思，说已经跟他提过好几次，他也是一直有点犹豫。过年回去的一天夜里，已经熄灯睡觉了，他父亲进他卧室坐在床边，又跟他提起这事，他终于下决心还是遵从父亲的意愿，把房子建起来，“也算是面子问题，老人家看重这个”。老姚说他是村里为数不多的一个正规大学生，“毕业十几年了，房子一直没修，显得寒酸”。

房子很快开始修建，老姚的一个表叔帮着他父亲买材料、管质量。老姚把离婚卖房后存了定期的钱取了，按进度需要，不时地给他表叔汇款。他常常和我讨论建房的琐事，翻出他表叔发来的照片给我看。我知道他存款不多，其实是在牺牲某种机会成本，去达成父亲的愿望。

六

如果一个人真的有命数这回事，我算是见到了什么叫作命中注定。对老姚而言，那时的人生轨迹就是那样，在他凄惨的时候，所有一切好像都是为了他的凄惨而设定的，命运仿佛非得把他置于死地。

那个时候，房子已经快建好了，只是老姚的父亲，却并没能住进新房，老姚也再没机会按约定带他父亲去上海走走了。

有些悲伤，2015年5月的某一天，老姚突然匆忙地赶回了湖北。我事先并不知情，一起打牌的那个女孩打我电话，问我怎么回事，她说老姚叫她查他电脑，把他父亲的某张照片赶紧发到他手机上，但并不理会她问的任何问题。她告诉我说，老姚好像有点不对劲。我意识到可能出了什么事，连忙打老姚电话，他那时已经赶到老家。电话那头，老姚的声音疲惫沙哑，哽咽着跟我说起事情的原委：他家隔壁一个精神不正常的人，犯病殴打自己年迈的父亲，老姚父亲过去拉架，说了句再打人就报110。神经病之前被抓过，才回来不久，对110甚是惧怕，转身扑向老姚父亲，老人家匆忙躲闪往外面跑，神经病拿根木棍追了出去。待到其他人赶过去时，老姚父亲已经不行了。老姚在电话里带着哭腔对我说，看到父亲那模样，心里真不是滋味！真不是滋味啊！

待到老姚处理完父亲的后事快回厂时，他用他亲戚的手机给我打了个电话，告诉我神经病被逮捕了。一个多年的精神病，几乎都不用鉴定，肯定是再也出不来了。只是对方贫穷破败的家庭根本没有民事赔偿能力，镇政府承认负有一定的监管缺失责任，但一直说拿不出钱来。最后一次协商时，老姚当场把自己的苹果手机砸了个稀巴烂，说只找一把手，不行就再把事情闹大点，看到底有没有人管。就这样，镇政府赔偿了8万块钱，几个主要领导都去了老姚父亲灵前跪拜致意。我在电话这头一直沉默，最后对他说，节哀顺变，兄弟，这不是你的错，你现在孤身一人再没牵挂，找机会在这世界上好好干点什么。

七

2015年年底，老姚回湖北过年，祭拜父亲，也跟施工队结算工程款。他跟我说年过得很冷清，只是在热心邻居的介绍下相亲认识了一个女孩，是一个镇上的，那女孩在深圳打工。对这事一向不怎么上心的老姚，这次有点匆忙，我心里知道，他是在完成父亲的遗愿，安个家，有个着落。

这个时候，我们早已从牌桌上走了出来，回想起来，彼此都无法理解。当初怎么会那么沉迷其中。老姚总是跟我说：“算了，经历过就明白了，人活着，总要尝试各种经历，也好，以后肯定就不会在这方面吃亏了。”

我们的业余活动健康了许多，不时会一起去看场电影，更多的时候，会在旁边的象山公园散步锻炼，沿着公园的小湖，一圈又一圈地转悠闲聊。那段时间，我见证了老姚和他相亲那女孩的关系发展。他会跟我提及一些较为隐私的情感细节，问问我的看法和建议。很快，老姚每个周末都开始往深圳跑。

2016年3月份左右，我离开了那家工厂。大概也是在那段时间，老姚告诉我他女朋友不小心怀上了，他们急赶着回湖北领了结婚证，好方便女方产检请假，以及要求公司安排轻松些的工作。老姚兴奋地跟我说，检查是双胞胎，我向他道喜，心里真是为他感到高兴啊。

2016年下半年，我陪他看了几次车。提车当天，他老婆当时不方便，就我陪他去的。坐在他的新车里，我独自在心里想起，他曾经跟我说起过，他父亲早些年一直希望他过年能开个车回家，他一直后悔当初没买。我当然没开口提起这个，倒是有聊及原来一起打牌的那个女孩，老姚很淡然的反应，我感觉得到，是那种发自内心的毫无波澜的淡然。于是我岔开了话题，也就没有告诉他，那一年，他父亲出事，我和那女孩商量过，跑一趟湖北。只是后来未能成行，当时只是想，希望过去，多少能带给他一点安慰。

老姚的双胞胎出生时，他给我打了电话，我一而再地催问他，什么时候摆喜酒啊？什么时候摆喜酒？

那是两个男孩，一个叫姚翊洲，一个叫姚翊泓，老姚说一个像他，一个像他老婆。

八

兄弟，等着喝你喜酒！
兄弟，记得你最喜欢唱的那首歌：
“一切一切我都会拥有！”
兄弟，好好地往前看、往前走。

传奇

一

我和老姚不是一个部门，但打牌洗脚、闲聊瞎逛，整天混在一起，以至于到了经常有同事开玩笑说我们搞基的程度。

大约是在2013年年底，他们采购开发课聚餐，老姚是课长，特意喊了我过去凑热闹。桌上有些人不是很熟，吃过饭后我便先溜了。后来老姚一再打电话，非得叫一起去唱歌。盛情难却，待赶到酒店，一进包厢看见采购部一个个都较为安静斯文，不同往日模样，就才发现包厢里还坐着个客户经理，用惊艳形容怕不为过：标准的瓜子脸，明眸皓齿，一身黑色套装，身段苗条挺拔，扎着个马尾，显得很是干练，鼻梁有如雕刻，眉毛略有上扬，十分艳丽中带着三分英气。坐下后老姚跟我咬耳朵，说那女孩长得真是大气。细想起来，或许金庸笔下的赵敏，大概就是这般模样，完全不似夜场中人。

那天晚上，和老姚他们又吼又喝的，闹腾到半夜。从头到尾那女孩进来好些次，待到快散场时，终于有人按捺不住，开口要加她微信。待她拿出手机，大家便轮流开始扫描，呵呵，我也未能免俗。嗯，这个女孩子便是阿玲。

二

虽然加了微信，但之后一直不曾联系，一则没那什么心思，自己也不擅长和陌生女子聊天；再则夜场女子，每天过眼宾客如云，什么样的男人没见过？未必记得谁是谁，掂掂斤两，自己也极少去夜场，即使别人聊起来客套几句，想来也怕属于是自讨没趣。

直到几个月后，有天我发了条朋友圈，阿玲在下面点赞，说喜欢安妮宝贝的书，于是同她聊了几句。有点意外，她说大概记得我，形容“个子很高，不怎么说话，从头到尾只唱过一首歌”。有点惊讶，就这样，我们开始不时会在微信里聊上几句。

三

阿玲的主要工作是订房及维护老客户、开发新客户等等，按订房数及某些酒的销售量拿提成。手下带着好些个女孩，阿玲是组长，工作压力不小，每晚上班前要开大小会议。偶尔我们会赶在她6点半开会前，约了一块吃顿饭。在她休假时，我们一起去逛过图书城，看过几场电影，大部分时候，就只是在附近公园散散步、聊聊天。阿玲电话比较多，除了客户外，有几个很铁的姐妹，她们一同租住在酒店附近的一个小区里，在她休假较晚未回时，姐妹们的电话便会集束轰炸式地打过来催她。后来阿玲告诉我，除了邀约吃夜宵之类的活动外，那些电话也是她们一个默契的约定，相互关注彼此的行踪。她告诉我“也是彼此监督”，说完便自己先笑出了声。

有一天很晚了，我们临时约了去象山公园逛逛，后来发生了点意外：她因为喝酒了自己没开车，结果从我车上下车时忘记了拎包，等到我们出来时，我车副驾驶车窗玻璃被人砸了，她的包不翼而飞。抱着试试看的心态，我们报了警，在南栅派出所等做笔录问询时，我们坐在里面接着聊天。她情绪上没看出有任何波动，娇笑开朗如故，着实是个很豁达的女子。而我知道，除了一些财物外，她的身份证也在包里。

四

我知道阿玲喜欢吃什么菜，知道她喜欢追哪类剧，知道她和某几个姐妹关系极好，也知道她很能喝酒。阿玲有跟我提起过她替她的姐妹们挡酒及解决难缠的客人等艰辛往事，我知道她们称呼阿玲“老公”，阿玲微信里对她们的备注是大老婆、老二、老三……我懂得夜场环境需要抱团取暖，听阿玲提起过她们之间的很多往事，由是也知道她们不是一般女人间的塑料花友谊，但得窥她们对彼此生活干涉程度之深，则是后来的事了。

那次我和阿玲约在她们酒店餐厅吃饭，才刚坐下开始点菜，她的电话就响了，她说要加多几副碗筷。结果菜都还没给摆上桌，三个女孩已经进了我们包厢。其中年龄最小的小辫子，我后来知道才刚20岁，一进门就说，“哈哈，终于被我们逮住了。”阿玲招呼她们坐下，小辫子又说，“帅哥，我姐对你很特别啊。”另外两个女孩子就笑，都说早就想见见我了。但她们看我的眼神都有点奇怪，个别不是很友善，虽然不曾刻意表现出来 ，但我大概还是感觉得到。她们夜场女子，见惯男人，一眼便知斤两。后来聊着聊着，就开始说某某客人一个月订多少次房，眼巴巴想跟我姐套近乎，另一个又接着说，某客人经常一个人跑来，就为找我姐喝茶。阿玲有些生气她们提及这些，忍不住出声喝止了她们。过后大家便都很少说话了，就只小辫子偶尔东拉一句、西扯一句，其余人不是闷声吃饭，就是玩手机。这一顿饭，吃得我很是尴尬。依我的性格，断然不屑跟她们做什么解释，但顾及阿玲和她们的关系，最后我还是跟她们说，我和阿玲只是认了兄妹的好朋友。

五

我们从来都是微信联系，除了约在哪碰面没见着人，才会打电话，除此之外，我记得阿玲只在一个深夜里打过我电话，印象很深。她每晚都要喝很多酒，那天夜里应该是喝醉了，心情估计也不太好，一直大着舌头有一搭没一搭地说话。聊着聊着竟然跟我提起一些有关她个人的很隐私的往事，我听了非常震惊。阿玲在电话那头说后悔那时年龄小，太不懂事，又倔强又好胜，想跟一切斗。我一直听着，完全不知道该怎样去安慰她。而事实上，她也没让我有插嘴的机会，待她说完那一切，电话那头就突然没了声音。我等了好一会，挂了又再打过去，就一直没再接通了。

这事她过后再未提及，我也当是一场梦，从未出声问起。我不确定是否与此有关，又或者只是巧合，此后我们的联系就日渐少了淡了。但至少在当时，这种转变完全是丝毫不着痕迹的。

六

我和阿玲的生活，完全是两个不同的圈子、两条平行线。近两年时间，我们在一起的时候，会天南地北地聊，但除了偶尔说起些酒店里的趣事外，阿玲极少跟我提及她的工作。我们从她喜欢看的小说聊起，但我后来知道，她实际上也很少看其它他书，我们见面聊天，也较少涉及此类话题。她跟我提起过，说总感觉我有点特别。有时我会想，她大约是感觉我对她没什么攻击意图，有别于她常见的男子，恰巧又能聊上几句，有些许慰藉。不是我薄情，事实怕是仅此而已。我知道的，她是多么独立，钱包被盗那次，她拒绝了我拿给她的与包里等额的钱，后来她还独自专程回了趟老家办身份证；约一块吃饭时，经常她都要抢着买单；我平时也较少去KTV，对她的工作鲜有助益。有一次她叫我过去，就两个人唱歌喝酒，但她提前就已经把单签了。那个夜里，当她两次唱起《女人花》时，我想，我是懂得她内心的倔强的男子。

所以现在回想起来，有些惆怅，甚至莫名地，我会感觉自己对她有所亏欠。这种感受有些奇怪，很是微妙。想起有次她故意要我猜，猜她在她们酒店的订房业绩怎样。我打趣她，说你这么散漫的人，肯定好不到哪里去。她微笑着告诉我，基本每个月都是第一。

七

我是个不太喜欢交朋友的人，轻易不愿意和陌生人进行客套之外的交流，这就好比我不愿意去买中奖概率太小太小的彩票，不熟悉的人，除开必要场合外，我甚至一向都不太愿意直视对方的眼睛。我的朋友一直都很少，女性，且又能称得上是朋友的，几乎就没有，当然，阿玲算是一个。这份相逢，在我心里，很是别致，一如阿玲，这个豪爽、豁达、真性情的女孩，从没有扭扭捏捏、遮遮掩掩的小女人姿态。

我三十好几了，一生过半，在市井间流离挣扎，不曾见过什么贤达能者，在我心目中，阿玲这么个倔强独立顽强的女子，以及她的经历，堪称传奇。只是抱歉有点遗憾，我不愿意在这里写出她的故事。

八

如果有些东西没在这里，那只是因为，它们更适合放在别的地方。阿玲，好久不见，我们貌似从没说过下次哪里哪里见，我们总是那么随性散漫。尽管好久已经不曾联系，我们也都从未说起过告别之类的话语，但如果你会看到这篇文章，我希望你知道，每当我回想起那些往事时，我都会为你祝福，哥希望你一生平安、得遇良人。

吃饱穿暖　心里踏实

叶阿姨是一名钟点工，我母亲腰不好，经常疼，这几年家里的卫生，便都是麻烦叶阿姨。一般是每周上门两次，每次做两或三个小时。房子小，主要也就是拖拖地板、抹下家什、打理下厨房、卫生间消消毒，间或还洗洗窗帘、晒晒被子之类，算是比较轻闲。有时我在家，遇着叶阿姨来做卫生，经常就见她边干活边和我母亲聊天，天南地北地扯，往往就什么事情发表了任何意见看法，两个老太太每每都对彼此的见解深表认同，不是连声说“是啊是啊”，就是“对对对”、怎样怎样地接口说下去。我在旁边听着，深感她们颇有些知己般的惺惺相惜。言辞时常令我莞尔，心里却也很是高兴，有人陪母亲这样开心地聊天。

叶阿姨做事麻利，聊天归聊天，手上的活可一刻不停。她同时也是我们小区物业的保洁员，一般忙完自己负责的保洁区域后，才来我们家。经常见她忙完了，还得急着赶去下一家，时间排得很紧。但叶阿姨为人豁达，有时超过些整点时间，我母亲多给她算点钱，她都摆手，说算了，聊天不收钱呢。如此这般，经常等她做完卫生时，母亲就会给她捎带点家里的零食水果，碰上叶阿姨有空时，母亲还留她在家里吃过几餐便饭，总之，两个老太太相处得很是愉快融洽。

叶阿姨年纪比我母亲小些，四川人，脸相富态，神情宽厚，满口的四川普通话，乡音较重，说话语速很快，一看就知道是个性子很直爽的人，擅长摆龙门阵，说话经常逗得我母亲哈哈大笑。她自己也从来都是满脸挂着笑容，性格很是开朗活泼。

我听母亲说，叶阿姨生活压力不小，她老公在一家消防公司做仓管，小孩又还在读书。但就在这种情况下，叶阿姨还供了一套二手的两居室，不过自己没住，租出去了，听说是准备等以后小孩结婚时用作婚房。母亲对此很是敬佩，赞赏说叶阿姨不容易。我偶尔外出打打小牌，母亲便会对我说要节约些，把不该花的钱省下凑起来，才能置办下家产，几次都以叶阿姨买房作为例子来说教我。

我前些年跑运输挣了点钱，后来上班不顺心，2016年年初到2017年年初，有一年多时间一直不曾工作，想休息一阵，又想换车。那一年房价暴涨，琢磨着还想再买套大点的房子。当时自己做点小营生，又和我一个表弟到处乱窜找项目，结果事情没干成，积蓄败了个精光，很失落，折腾得比上班时更累。最后不得已，又琢磨到哪去上班算了。找工作那阵子，心情也不是太好，经常窝在家里看电影。我记得有天叶阿姨过来搞卫生，母亲问及我找工作的事，我忘记自己当时是在忙什么了，随口敷衍了一句，母亲便叹了口气。叶阿姨在旁边突然搭话说，现在社会这么好，人家没学历的都是事找人呢！担心什么，吃得饱，穿得暖，心里踏实，什么都不用担心！我当时听了半晌没能出声，现如今细想起来，那种感觉就像是晚起的早晨，懒洋洋地躺在床上没点精神，突然一凝神，注意到阳光透过窗户洒在房间里，才意识到温暖美好的那种通透感受！

有句流传挺广的话，说懂得很多道理，却还是过不好自己的人生。还有句更狠的，有学者说，为人一生最重要的道理，其实都是在幼儿园时期就已经学习并懂得了的：讲礼貌，守纪律，与人为善，乐于分享，不欺骗别人，不是自己的东西不去拿。可是伴随着成长，谁不是在红尘中或多或少地迷失自我？谁不是在光怪陆离的困惑迷茫中苦苦挣扎？细想起来，人啊！有时候真该回归本源，想想那些最为本真的东西，在觉得困惑苦闷、不顺畅不愉快的时候，简单点，想想自己有没有做到一些最根本的东西，再比对一下，自己吃饱了吗？穿暖和没？如果都还行，恰好又还心安，嘿嘿，害怕什么？不用迷茫，该干吗干吗去吧！

幸会

中专临近毕业，确定要去东莞时，父亲第一次跟我提起家族里的一些往事。我们家祖上都是小手工艺者，我太爷爷那一辈，凭着几代做漆木匠传下的手艺，在乱世中大江南北地漂泊，找口饭吃。走到一个叫嘉禾的地方时，因为风土人情好，于是安定下来、娶妻生子，为我爷爷取的名字就叫唐嘉生。算是继承祖业，我爷爷一生，包括我父亲年轻的时候，干的都是木匠油漆活，十里八乡地走，遇到有需要的东家，停下来，吃住在东家，忙完一桩活，领了工钱再上路，周而复始，年复一年。

父亲一生为人憨厚，按他的人生经验，手艺人的口碑就是命，若做人做事不厚道，会砸掉自家生计。

临行前，父亲反复告诫我，虽然读了几年书，但说到底也还是靠手艺吃饭，事情要做得实在，为人一定要厚道。就这样，带着父亲的叮嘱，我开始踏入社会。遇见程叔，也就是在这个时候。

大约是在2002年的5月或者6月，我终于在东莞找到个建筑队实习，心里记着父亲的话，做事勤快、与人为善。在高埗镇的一个工地上，我们承建了几幢大型工业厂房，其中有不少的设备基础，因为简单，归我独立管理。待钢筋木工班组完成钢筋绑扎与支模作业后，我进行了抄平，对混凝土包工头交代了浇捣高度，并告诉他我已将每个设备基础的浇捣尺寸写在了模板外侧。

本以为已经做得相当到位，然而第二天，带我的工程师告诉我说混凝土浇捣高度错误，问我这么简单的事是怎么弄的！我很是惊讶，等我一番解释再去现场看时，所有设备基础的侧板都已经拆除，我用粉笔写在上面的浇捣尺寸也已经不见了，而包工头一口咬定我没有对该次浇捣进行作业指导，以至他以为像平常一样用混凝土盖住面筋就行了。我无从辩解、内心憋屈愤怒，也很是惊慌，毕竟，我只是一名实习生。

那天晚上，我没去参加项目部的例会，我想自己应该是得打包走人了，一个人愤怒、孤单地在外面游荡到了深夜。

然而第二天一早，项目经理却先来找我，告诉我说混凝土班有个程老头昨天晚上已经找他澄清情况，证实了模板外侧确实标有浇捣尺寸，所有的返工费用归他们包工头负责。

我很是意外，马上去了混凝土班组的工棚。有工友告诉我说，程老头昨天晚上就走了，和他们工头干了一架，他们也都看到了模板上的粉笔数字，是他们工头说盖住钢筋就可以了，他们工头那一整天都窝在工棚里打麻将。

之后，我又去了混凝土班组的工棚好几次，才知道程老头是工头的表叔，“他们一直不对头，为拖工钱的事也吵过”“矛盾很深，原来有一次就差点打架了”，还有工人告诉我：“程老头说你娃不错，懂礼数。”

我那时候有点想哭，模糊印象中的程老头应该已经有五十上下了，虽然那份工作对当时的我很重要，但我也清楚地知道，在东莞，没哪个工厂会招五十多岁的工人，而在工地上，做工的人都是老乡扎堆、打熟不打生，因为老乡，会有共同语言、会更有人情味，彼此也会有个照应，甚至工钱，也都会比较有保障些。

我很后悔自己当时没守在旁边监督他们的浇捣作业，后悔自己没来得及当面对程叔说声谢谢，我甚至都不能清晰地记起程叔的具体模样，而他仗义为我澄清事实，或许只是因为我曾经在他拉着的斗车后搭过一把手？又或者是我曾经在他劳作的身旁客套地喊过一声“大叔”？然而，我终究是不得而知了。

因为在那个建筑队我的工资非常非常低，后来老乡介绍了正规建筑公司的工作，不久我也就离开了那个工地。但这些年来，我时常会想起程叔，每每都觉得温暖感念，甚至每当看到或听别人提起四川达县，我都会感觉熟悉亲近，那是程叔的故乡。

转眼很多年过去了，我历经世事，在岁月中沉淀，逐渐懂得，对程叔的这份感念，或许并不只是因为他的仗义执言保住了我那份工作，甚至也不是因为他帮我澄清了年少时那点小小的憋屈，而是因为他让我切实地相信，这个世界上，哪怕在和自己毫无瓜葛的人群中，哪怕在面对会影响自身利益的选择下，依然存在着良知和公义。这和父亲对我的教育相互辉映，成为我做人的信念，一直荫护着自己的心性，也荫护着在人生道路上与我相逢的每一个人。

程叔，幸会！

坦坪

一

我三姑妈的两个儿子，从小和我一块长大。他们的父母，是改革开放后第一批个体户，为做些糊口小营生，长年累月外出，起早贪黑十里八乡地售卖布匹。我的奶奶，也就是他们的外婆，独自抚养我们长大。兄弟三人自小情同手足，不分彼此，一块上学放学，一块在田间地头野。我们出生在湖南的一个小乡村，那里地势开阔平坦，一马平川，因而叫作坦坪村。也是这个缘故，我的两个表兄弟，大的起名李坦，小的如你所知，叫李坪。

二

长大后，和老家绝大多数年轻人一样，他们远离故土，先后去到异乡打拼谋生。他们的经历有些繁杂，说起来，或许会像是一本流水账。表哥比我大两岁，先是17岁去部队当兵，复员后分到煤矿，即将倒闭的那种。家里托人一打听，都说根本没有去报到的必要，表哥便只身去了深圳。第一份工作是做保安，干这个退伍军人有优势，两班倒，需要站岗的那种。后来表哥告诉我，说在广东站岗，那就是个煎熬。不久他便跳槽进了工厂。或许不习惯那种机械压抑的环境，转身出来开始去贸易公司跑业务。记得当时他打电话告诫我，说一定要好好读书，外面做事好难。当时我还在读中专，等我毕业时，表哥已经又转行进了地产中介公司，偶尔会在电话里兴奋地跟我提起刚做成了什么单，拿了1000或2000块的提成。这样大约又过了一两年，表哥找我借钱，他和战友合伙在华强北租了个小摊位，做电子产品回收。而后时运不济，亏损不少，被迫离开深圳去了上海。之后几年便辗转在上海、连云港等城市做售楼。或许因为不甘心，几年后又投入积蓄，在广州找到厂家，做一种叫暖暖桌的电器代理，希望在苏北能打开市场。只是生意一直不温不火，最后维持不下，亏损收场，继续回连云港售楼。之后又去到南通，自己开了个小铺面，开始做画框装饰生意。上次见面，表哥已是半头白发，聊及近况，他一再跟我说，马上就40了，打工没什么市场了，再说干得也不得劲，“趁还没老，还是想再拼一把”。

三

相对而言，表弟的经历就略微简单些。他和我同年出生，比我小28天，但出社会比我早，我读初中三年级时，他已经在东莞的模具厂打工。那一年春节，我们在老家相聚，表弟兴奋地跟我提起沿海地区的繁华，比画着告诉我广东的超市有多大，很新鲜地让我看他穿在脚上的劳保鞋，面带骄傲地说这种鞋子就算踩到钉子都扎不透。表弟为人憨厚，在那模具厂一干就是7年。先是在车间做学徒工，转正后存了点钱，就去外面报了电脑培训班，两年后做助理绘图员。他乖巧听话，踏踏实实卖力干活，既不偷懒，也不旷工，每个月都拿全勤奖，工资从400元、600元开始一路涨到了2005年的1400元。因为学历限制，终究没什么发展空间。不久他成了家，入不敷出，只能另做打算，再谋出路。最后离开工厂，凑钱买了台小货车，守在农贸市场的码头拉货，靠运气吃饭。有时活多，有时一天不开张。其间因为车辆停放乱收费的原因，被迫只身和两个治安仔干了一架。我是很久后才知道这事的，老实说，很遗憾未能像小时候那样在旁边掠阵帮手。因为收入太不稳定，大约做了一年多，想想不是办法，表弟把小货车卖了，又到处凑钱买了台二手大货车，夏天在广东拉水，冬天去韶关拖矿，长途短途都跑，常常吃住都在车上。有次打电话聊天，表弟说这几年就都是吃快餐，哪里逮到便宜的哪里解决。长年累月地奔波，表弟整个人都晒得黝黑，每次见面都能感觉到他的疲惫。烟瘾越来越大，基本每天两包，有开口劝过，他闷声回答："开车没办法，抽烟提神，有时候人也就是靠一根烟撑着。"

到了2015年，经济疲软，煤炭钢材大幅度跌价，韶关的货运难以为继，加之表弟落下了腰痛的毛病，终于下决心把车卖了，找我商量说想做点其他的小生意，我问他自己有没有去外面看看，他说车卖了，凑起来手上有十六七万块钱，"本以为终于挖到了人生的第一桶金，结果到外面一看，没想到加盟个美宜佳小卖部都不够"。我听了很是辛酸，想起来，十几万块钱，也就够新闻里爆出来的那些贪官一个晚上的餐饮娱乐消费，而这个数目，是我的兄弟在异乡流血流汗十几年才挣下的家底！

四

我的两个兄弟，出生在1980年前后，十几岁便独自外出谋生，没人指引扶持，走过的每一步路，都是靠自己摸索。到如今年近不惑，半生漂泊不定，艰辛流离。他们并无任何恶习，一直都在辛勤努力地认真生活，只是他们的人生，并未像他们的名字所寓意的那般有路平坦，时至今日，谈不上安身立命，每一天都还在为了温饱、为了一个家庭的基本开支而奔波辛劳，没什么跌宕起伏的故事性。他们际遇寻常的困顿人生，和绝大多数打工仔一样，既没挣到富余的钱，更没能出人头地、衣锦还乡。然而，正是因为有无数像他们这样的人作为基础承载，几十年来，这个国家在改革开放的坦途上才得以一路狂奔前行。

写下我这两个兄弟并不精彩的故事，在时代的洪流里，也算是记下千千万万个和他们一样背井离乡的模糊身影。

漂泊的青春

一

熊哥姓杨，性格很内向，认识他的时候，我22岁，他已经二十六七。我们是同事，都在工地上做工长，两个人住一个单间宿舍。当时我毕业不久，在工地上算是新手，刚去的时候，很多事熊哥都会关照我，很是热心的一个人，只是比较沉默，整天只闷声低头做事，不善言辞，就算回到宿舍，话也不多，不喜欢聊天说笑。直到后来我们成了朋友，情况才有所改观。

工地上都说熊哥是真熊，长得熊，人更熊，快30岁的人了，见着女孩子还会脸红，据说从没谈过恋爱，还是个处男。这在工地可算是见不得人的丑事，所以不论真假，大家也就在背后说说，并不会有人当面提起。是否处男这个谁也无法求证，但熊哥见着女孩脸红倒是真的。那个时候，东城主山市场有家交谊舞厅，都是附近工厂的年轻男女去光顾，因为工地离得不远，有时一帮同事便会花三块钱买张门票，进去耗半个晚上。我们大多数人很快学会了简单的慢三慢四，就开始邀请陌生的女孩跳舞。只有熊哥，跳舞学得慢不说，还一直鼓不起勇气去邀请陌生女孩，有人打趣激他，熊哥每每涨红了脸，却怎么也迈不出那一步。

二

熊哥个头不矮，长相也端正，只是很瘦，看上去脸上几乎都没什么肉，眼神呆呆的有些木讷。然而做人做事却憨厚认真，还是正经本科院校的毕业生。按他自己说，当初考上大学时，也是他们村里一个巴掌能数完的金凤凰之一，只是混得差，沦落到了工地上。彼此熟悉了，我便知道他确实一直没谈过恋爱，所以对和女孩子打交道有些怵。然而只要是男人之间的活动，他倒都还算活跃，酒量不错，特别是打牌。有时我们一帮同事炸金花或是斗牛，熊哥都很积极。在牌桌上，他的木讷与不善言辞更像是沉稳的一种表现，而且熊哥输赢都不形于色，沉默稳健，哪怕有时手气背输多了，他也从不骂骂咧咧地抱怨，牌品很好。

三

我们当时都是二十多岁，精力旺盛，在不加班的夜里，用句老话说，若是不搞点什么活动，脚都抽筋似的不安分。除了跳舞打牌之外，我们有时会去网吧打游戏，会去打桌球，或是去录像厅看几场录像，以及吃吃夜宵什么的。在异乡繁累的劳作之余，谈不上丰富多彩，年轻的生活也算是苦中作乐。

记忆里印象深刻的，有一天看完录像出来，夜风凉爽，东莞午夜的街头依旧人来人往，熊哥突然跟我说要去一条街逛逛。那个时候，东莞这边都知道，所谓一条街，里面都是站街女，30到50块钱的消费。一到晚上，整条街黑灯瞎火的，每道门旁边都站了女性，见着走过的男子，便会低声邀约。我们也就是好奇，高一脚低一脚地从街头走进去，途中好些站街女在黑暗中倚靠在门框边邀请，说帅哥感受一下？熊哥假装问价钱凑近看看，却并不停留。走到街尾，熊哥又带着我返回，把几条叉街都遛了一圈。出来后，熊哥狠狠地往地上吐口痰说，××的，还真有十几岁的小靓妹。

四

不久熊哥在工地附近认识了个女孩，是在商场的品牌连锁店工作，熊哥跟我说是一个地区的老乡，还特意带我去商场远远地看过几次。那女孩二十来岁，长得比较丰满，大概因为职业的缘故，总是满脸笑容。熊哥很上心，外出的活动也少了，经常就窝在宿舍给那女孩发短信，偶尔没收到回复，哪怕并没有消息铃声，他也会不时地掏出手机看。

有一天，估计短信上事先约好了，熊哥叫我陪他去商场门口等那女孩下夜班。那女孩出来时也带着个同伴，我们一块在旁边的公园里逛。尽管四个人年龄相仿，但话却不多，气氛有些沉闷。熊哥明显很是紧张，倒是我硬着头皮不时扯上几句，希望能活跃下气氛。其间那女孩问起熊哥，说工长在工地上确切是什么样的职业，熊哥搜肠刮肚，对她说了些上班都干些什么什么之类。那女孩听了一头雾水的样子，我在旁边赶忙解释，说工长就是工程师，建楼房的工程师，那女孩才恍然大悟似的“哦”了一声。不一会，她的女伴估计是嫌闷，提醒说得回宿舍洗衣服了。就这样，熊哥连一块吃宵夜的邀请都没来得及说出口，第一次约会便结束了。

往后熊哥还是继续在和那女孩发短信聊天，只是不如之前那么频繁，和我也很少再提及这件事。

五

到那一年年底，我清楚记得那天已经是腊月二十八，尽管当时工地还没放假，但做事的人不多，我们也就闲了下来。熊哥上午跟我说想我陪他去趟厚街，我问什么事，他告诉我那女孩调到厚街店面去了，他们约好了晚上吃饭。我见熊哥兴奋之情溢于言表，赶紧跟他分析，说这次得把握机会，你们俩不都没回老家吗？过年又都有空，争取让关系更近一步。熊哥琢磨着是否需要买点礼物，我说这得看你自己，我倒认为暂时还不合适，他没吭声。接着我建议熊哥稍微包装一下，熊哥连声说好。中午吃过饭，我们便去超市，熊哥选了一套西服一双皮鞋，当场撕掉标签就穿上了。虽然商场离宿舍不远，但我们还是把旧衣物塞进寄存柜，直接从超市去了车站。

到了厚街，那女孩在店里还没下班，熊哥进去打了声招呼，估计不知接着说什么好，便站在店里边。快过年了，店里比较冷清，没什么客人，那女孩的同事里便有人发出意味深长的笑声，那女孩脸上有些挂不住，显得很是尴尬。我在门口连忙喊熊哥出来，同时听见那女孩跟她们店长请假，说来了一个村的老乡，快下班了，先走一步。

我们找了家小饭馆，那女孩没按事先跟熊哥说的那样，会带个女同事一起来，我们的饭前预案对此始料不及。三个人坐下点菜吃饭，熊哥话还是不多，翻来覆去不是问女孩店里的工作，就是说老家怎样怎样，那女孩也就越发显得客气。我在旁边干着急，饭没吃完，琢磨着估计又是没戏。果然，买单时女孩就说还得回店里，晚上要记账对数，一句话堵住了熊哥之前所有的饭后预估方案。我们坐车回市区，熊哥越发沉默了，一直望着窗外，看上去很是落寞。

六

我比熊哥先离开那个工地，我们偶尔会打个电话保持联系。几年后，他在松山湖做监理，特意邀请我从惠州过去玩。我下班了赶车，晚上才到，熊哥在酒店早开好了房间。看得出来，他是熟客，我们刚坐下，KTV的总监和副总都进来打招呼敬酒，妈咪也很快带了女孩子过来，对熊哥说还是一样，特别挑了的。我架不住阵势，借口告诉熊哥说我新婚刚拿证，熊哥说那就让她们先陪着喝酒，我说那更犯不着，要不别破费了，她们在旁边还影响我们哥俩说话，我大老远跑来可就是想我们哥俩好好聊聊，喝个一醉方休。熊哥听了兴起，挥手示意妈咪带女孩离开，起身就开始劝我喝酒。我一直欣赏熊哥的憨厚，异乡漂泊多年，他是我少有的几个好友之一，几年不见，基本杯杯见底。聊及彼此境况，他告诉我他结婚了，我问他老婆哪里人，他说是老乡，两年前过年回去见了一面就定了下来，年龄相仿，对方也在东莞打工多年。熊哥原来就知道我和我女朋友是同学，谈了很多年，便有些自嘲地说，他们老家很多都是这样，大多数男女过年回老家了，大家见个面，差不多就能定下来，彼此不问过去，能在一起过日子就行。我不知该怎么接话，只能劝他喝酒。他端着酒杯有些失神，说也是怪自己早些年混得差，接着感叹现在大学生比狗还多。我问起嫂子现在在哪，他说刚怀上小孩回老家去了，以后也没打算再要她出来，30了，也不可能还去流水线上吧。我问熊哥是否也打算回去，熊哥感叹说打工真是没点意思，但回老家吧，工资低不说，工作还不好找。那个时候，我刚在东莞买房，也是背着沉重的房贷，在这座城市艰难挣扎。说起打工的苦楚、生活的艰辛，我和熊哥都是唏嘘不已。为缓解沉重的气氛，我笑着提起当年去厚街的事，熊哥有些感慨，叼着烟说，要是换了现在，轻松拿下。我们一起哈哈大笑，举杯又碰。

那天晚上我和熊哥都酩酊大醉，抱在一起又唱又叫，在包厢里过了一夜。

七

想起来，我和熊哥都已经在东莞待了十几年，所有的青春都挥洒在了南方的这块热土上，如今人到中年，再没有那些年少的情怀，想起往昔年轻的岁月，想起我们漂泊的青春，想起那些异乡沉闷的夜晚：午夜的桌球城、网吧的《反恐精英》、舞厅里陌生的女孩、一块钱看三场的录像厅、一块钱一大碗的酸辣粉、工棚里乌烟瘴气的牌桌……想起这一切，仿佛还能闻到当年南方夏夜里燥热的气息，感受到自己年轻的心跳。然而今时今日，青春不再，终归只是空余感叹！

孤身漂泊的少年

我在那个小厂，只待了三四个月时间，刚过试用期就离开了。也就是在那里，认识了小包。这外号有点怪，好吧，我也并不知晓它的来由。小包长相平常，黑黑瘦瘦的，属于扔在人堆里毫不起眼的那种。我和他以及另一个同事，住同一间宿舍。房间是狭长形，一面墙边摆着两个铁架上下铺，对面墙放了两张破旧的桌子，通道狭窄逼仄，若是两个人在其间相向走过，其中一人便得侧身而行。

小包是工厂的仓管员，比我先入职。我分进宿舍那天，他很是热心，手脚麻利地收拾房间帮我放置行李，又找来了几张报纸给我垫床板，主动介绍这里那里的，几次问起有什么需要帮忙吗，有的话吭声就是。很是善意随和。

那小厂伙食极差，小包在阳台上有个单体煤气灶，之前用来偶尔煮个面条鸡蛋什么的。后来我们混熟了，于是就商量着干脆一起搞搞伙食，改善一下生活。小包很勤快，做饭炒菜一般都是他干，我和另一个同事就帮忙洗洗菜，再就是坐着等吃饭就行了。小包做仓管，工资应该并不高，但他为人并不抠抠唆唆，偶尔多买了次菜，提回点调料什么的，他都并不跟我们在意算计。而让我感念的是，不但宿舍卫生几乎是勤快的小包一人主动干完，常常，我们起床刷牙时，他已经在阳台上鼓捣面条、米粉之类的早餐，我们经常会有些不好意思地跟他说谢谢，小包一贯说没所谓啦，出门在外都不容易，大家兄弟，应该相互照应。

小厂位置偏僻，前不接村后不搭寨的，效益也很一般，管理有点混乱，但流程繁复，报销个什么小发票，需要七八个人签名，还得再等上两三个月才能把钱拿到手，甚至连一些细小的改造装修工程，除了验收，另外居然还设置了入库程序，简直闻所未闻，但这么一来，我和小包在工作上，也就有了些许来往。我带承包商去开工程入库单，小包就要按程序在我们的陪同下，去现场把工程清单过一遍。他总是会跟我说，不好意思，攀哥你的单肯定是没问题的，但也还得麻烦你按公司程序辛苦一下了。他会很认真地逐条核对数量，不懂的就会问我，很是细致。承包商有时会给他塞两包烟什么的，他一般不接手，拗不过的，因为他自己并不抽烟，回到宿舍便又给了我。他跟承包商并不多说什么话，但很有礼貌，从来不曾故意刁难过他们。我开始总以为是因为我的缘故，但后来去多了仓库，便见到他其实对谁都是一样，实在是个随和礼貌，很好打交道的那么一个人。

小包初中没毕业就来了广东，辗转在工厂的流水线上打工，在那家工厂，是从普工升为仓管的。在我记忆里，那一年他应该只有19岁，勤快懂事，对人善意随和，知晓人世艰辛，懂得体谅他人。

我漂泊半生，流离辗转，在很多地方驻足逗留，遇见过无数的人。他们中有的冷漠生硬，把自己藏在壳里，仿佛时刻防备着什么似的，警惕凶狠地对待他人；有的因为际遇，在某个小角落管点什么小事，又或是略有些许成就，便自以为是，说话时眼睛都仿佛在望向自己眉毛，动辄对别人指手画脚；遇见过很多刚走上社会的大学生，个性自我，仿佛老子天下第一，稍不遂心意，便牢骚满腹撂挑子；也见过几个富二代，脑子里整天只想着钱、车、女人，完全不懂或不屑与他人沟通共处，仿佛地球是为他专属转动的一样，丝毫不顾及周遭眼光和他人的感受。

这些人的存在，往往让别人感到不舒服、不自在，他们的言语使人觉得压迫，他们自私自大的行径，常常让身边的人不知所措，甚至让别人觉得无处躲藏。他们对周边的人，完全没有与人为善的意识，他们的存在，常常使人憎恶，让别人不愿靠近。

我倒是时常想起小包，那个无依无靠、在异乡孤身漂泊的少年，想起他的勤快懂事、他的善良随和，也就有想，与人为善，大抵应该算是一种品性，甚至是一种能力，或者也可以说是一种福业吧。相信在这人世间，岁月一定会给予他相应的回馈。

打天下

阿斌是我老乡，比较地道的那种，我们来自湖南同一个县城，在沙田工地上认识的时候，他16岁，是土方公司派驻在我们项目部的挖掘机师傅。他当时年纪小，又是新手，挖沟平土时，下斗便经常会有偏差，速度慢，效率也低，只是他工作认真从不偷懒，做人也极是乖巧，见着谁都喊老板，态度恭敬，毫无半分戏谑的神情。偶尔事情做得不好，在被训斥的时候，也总是满脸堆笑，不管别人说什么，他都不还嘴，还会一直连连点头，张大嘴笑，很是夸张地露出满口白牙。

知道是老乡后，在不用加班的晚上，他便会经常来我宿舍玩。我至今还清晰地记得，第一次来时，他那明显还很是稚嫩的脸上，神情拘谨，但却用故作老练的语气跟我说，希望老乡多多关照。后来经常在一起斗地主，彼此熟了，我才知道他是跟他父亲学的开挖掘机，因为他父亲在这家土方公司干了很多年，老板才答应给他这个新手开工的机会，所以他很是珍惜。

那时我有好几年都没回过老家，于是就会常常向他问起故乡的情况，然而他对这个并没什么兴趣，往往三言两语就岔开了话题。有一次估计是被我问烦了，干脆算是做了个总结性发言，说那么个小地方，能有什么变化，一时让我语塞。倒是对东莞，他却总是兴致盎然，一说起来便会滔滔不绝。后来才知道，因为他父母在东莞打工多年，从他读小学起，几乎每年暑假都会到这边来，对东莞的熟悉程度，倒仿佛胜过了故乡，一口白话，说得很是流利。

知道有我这么个老乡，后来他父亲每次来工地看他，便都会找到我聊上几句，每每都是一再嘱托我，说阿斌年纪小不懂事，麻烦老乡多费心多关照。在工地上开挖掘机，其实是很辛苦的工种，我自己曾去过驾驶室，里面空间狭小逼仄，充斥着柴油味，发动机的轰鸣声震耳欲聋。大多时候，操作手在上面一坐就是好几个小时。东莞的气候，一年四季仿佛都是夏天，烈日下的驾驶舱，气温会比室外还高上几摄氏度，老板为了节约，一般都会把驾驶舱的空调拆掉，毫不夸张地说，里面就是个蒸笼。我好多次看见操作手下班时从驾驶舱跳下来，都是被蒸得满脸通红，连头发都湿漉漉的，这实在是个熬人的活，特别是对于一个只有16岁的少年。有次我便问阿斌父亲，说这么小，怎么不让他接着读书？他父亲告诉我，说放在家里没人管，他也根本读不进，一天到晚跟着一帮狐朋狗友在外面瞎混，担心他学坏，不如就带出来在身边看着。边说边摇头。过后我向阿斌问起这个事，一说到学校，他立马表情兴奋，开口就是我那帮兄弟怎样怎样，我赶紧打住他，说你这个年纪，应该多读书才有出息。他表情黯然，说知道自己反正也不是那块料，还不如早点出来混，接着张口又说，他那帮兄弟都一样，早就想出来打天下了！说这些话时，阿斌满脸都是兴奋坚毅的神情。

工地上的相逢，总是转眼就各奔东西。工程还没做完，阿斌就被他们老板调走了。因为是老乡，我们一直都还是有联系，偶尔他会打个电话找我聊聊，有些事情也会问问我的看法和意见。两年后，我在惠州时，他和另外一个曾经的同事一起过去找我。一块喝酒时，问起他的近况，他被晒得黑了许多的脸上神情黯淡，说开挖掘机开得烦死了，好说歹说他父亲终于同意他进厂，但在流水线上做得也没劲，别的又不知道有什么可做的。旁边另一个老同事搭话，说叫你跟我去酒店你又不去。阿斌手指着那老同事，苦笑着对我说："想是有点想，但我要真跟了他去酒店带小姐，我爸会打死我的。"看着他有些黯淡的眼神，我想他已经尝到了生活的艰辛不易，也再没听到他像原来那般提及"打天下"之类的字眼。

往后大概又过了一年多，有一天阿斌打来电话，问我是在哪里的工地，项目上是否需要挖掘机。我说你没在工厂里干了吗？他说厂里太压抑，受管还受气，没办法，又只能干回老本行了，接着又问："是否有业务可以关照一下？接单可以提成，放心，一定不会少你那一份。"语气十分老练。我答应帮他留意一下，接着问起他最近怎么样，怎么好久都没点消息？他语调一下变得低沉，淡淡地说刚生了个女儿。我赶紧恭喜他，说怎么结婚了也没请我喝喜酒。他有些落寞地告诉我，老婆比他还小两岁，扯不了证，暂时也还没摆酒，是不小心怀上了，没办法。接着说，"你不知道我现在里里外外有多烦，头都大了。"我在电话这头都能感受得到他糟糕的情绪，那一瞬间，突然就觉得心里有点堵，找了个理由，匆匆挂断了电话。大概算一下，那时候，他应该也就20岁不到，自己都还是个孩子！

想起我们曾经在活动板房里一块斗地主的岁月，想起这些年来他断断续续打给我的那些电话，或许在他心里，一直都是把我当作兄长般的朋友。莫名地有点伤感，脑海中浮现出16岁那年的阿斌：那个坐在沉闷的驾驶舱里，蒸得通红的脸上，连鼻尖都挂着汗珠，聚精会神地开着挖掘机，笑的时候露出满口白牙的少年！

养蚕人

不久前跳槽到一家电子厂，做了其新建厂区的质监代表。每天的工作，大抵就是整理工程资料、初审工程报价、按批按量抽取工程材料送检之类。相比之前扛着仪器守在工地上，一天到晚盯着质量进度表，追得包工头鸡飞狗跳的，这份工作轻闲了许多，同时也算是正儿八经成了办公室上班族。

相对于做工地现场管理的艰辛，新的工作可以说是轻松搞定，和新同事也很快混熟，倒是不太习惯在办公室一坐就是几个小时的枯燥，以及同事们压低了嗓子窃窃私语般的聊天声。这阵子政府调控，楼市下行，办公室早晚都是这个话题，有的琢磨着房价是否真降了？还会降多少？有的在考虑降到什么时候又会反弹？现在是否已经到底？自己是否该择机加入房奴行列？有的则牢骚满腹，觉得怎么看房价都还是太离谱，抱着看热闹的心态开玩笑，说是要等降一半再出手。

相比他们的热情，我倒很是有些诧异。之前久在动辄四五百人的地产项目工作，包括我们项目管理部，工地上一般都没人会把楼市作为谈资，哪怕扯上几句、对高房价发发牢骚的都没有。

因为知道我在地产公司做过，大概想当然地认为我对楼市一定有所了解，一些新同事每每聊着聊着便会扯上我，顺便问问买房了吗、有没有熟人、这次是否适合出手之类的问题。架不住他们的一再劝说，加之“这东西是刚需，就算投资也是保值上策”之类的分析，再想想自己年纪也不小了，打工这些年好不容易存下点钱，真要是通胀加剧怎么办？于是不但答应他们一定去问问之前的老同事，顺带着自己也就此加入了看楼大军。

那阵子，倒还真是有些兴奋，想想自己读了几年工民建，打从毕业实习起，除去在惠州待过一段时间，这些年一直都在东莞，在这座堪称改革开放标志性模式发展起来的城市里，参与建设过各种各样类型的建筑，有单层面积超过两万平方米的厂房，有高度超过100米的写字楼，有楼层达到30层的商品住宅，以及众多工业厂房和宿舍，每每都是一个项目完工，卷起铺盖接着奔赴下一个工地。就这样一路走来，倒一直没想过自己要在这个城市买房安家，回想起来，大概是因为潜意识一直觉得那是离自己太过遥远的事吧。

相比自己内心的激动，看房买房的具体过程就很是有些繁琐劳累了，前后历时近一个月，众多楼盘之间奔波对比的艰辛，选房下定前的犹疑波折，从开始看房价内心隐隐的忐忑，到最后一咬牙毅然加入房奴行列的决断……我想大部分工薪阶层买房的过程，应该都是这般大同小异吧，不说也罢。

倒是最后和银行签抵押贷款合同那天，在按下一个又一个红手印时，千年前那古老的诗句突然就浮上脑海来：昨日入城市，归来泪满巾，遍身罗绮者，不是养蚕人。想想自己读了四年土木工程，在工地又干了好些年了，好歹应该也算是个掌握了养蚕技术的桑农吧。盯着合同附件上那远远称不上是罗绮的户型图，计算器按了一遍又一遍，心里琢磨着这还得要养多少年蚕，户型图上这件小背心才能够完完全全属于自己啊。

不由得心底一声叹息！

叁

下篇

一座时代浪潮下的城

央视对东莞色情行业的曝光，掀起巨大风浪，一时间全国人民都将目光投向了这座所谓的“性都”，认为色情行业是东莞经济支柱的评论充塞网络，到处可见“男人的天堂、女人的银行”之类充满嘲讽的段子，很多人甚至对这座以农民工为人口主体的城市进行诋毁抹黑，批评它低端混乱。记得当时有多年未见的朋友边看新闻边打来电话，言辞间尽是暧昧，而身边的女性友人，甚至都已经害怕跟老乡同学说起自己是在东莞工作，这座城市，成为众矢之的。

作为一个不折不扣的农民工，我在东莞一个又一个的工地上干了十年，辗转在不同的工厂做了六年，今年已经是我在东莞的第十七个年头。我不禁在想，对我而言，这又是一座怎样的城市？

16年前，与东莞市人民公园相邻的东湖花园人山人海，那里有着东莞市第一家沃尔玛超市，是当时整个城区最繁华的商业中心。我在它对面一个叫景湖广场的工地干了一年多。那个时候，那条叫东纵大道的主干道上没有一个垃圾桶，整个城区，就是一个大工地。那个后来更名为地王广场的商住项目，是我在东莞开始立足的第一站。从那里开始，我从一个青涩少年磨砺成长为一个男人，在这座城市恋爱结婚生子，承担起一个家庭的重担；从那里开始，我在东莞一大半的镇区工作过，席子卷起被子枕头，提着装满牙杯毛巾拖鞋衣架的塑胶桶，辗转在一个又一个工地；从那里开始，我结识了一批又一批在我生命最美好年华里出现的同事朋友，他们和我一样，背井离乡，漂泊在这座城市，靠自己的双手，辛勤工作，艰难谋生。回过头去看，对他们的了解，承载着我对这座城市所有的认知，16年了，我看到过很多的漂泊及其苦楚，也看到过很多的不公以及欺压，甚至看到过很多困顿乃至绝望，然而看到最多的，是无数卑微的梦想及其坚定执着。我想，对绝大多数人而言，这是一座包容、向上的城市。

我并不知道东莞每年产生多少地区生产总值，也没兴趣了解它创造了怎样辉煌的经济成就，但我清楚地看到，这座城市生活成本低，就业门槛低，只要你有力气、肯干，一定能迅速在这里谋得一个基本的饭碗。它解决了数百万与色情行业无关的外来农民工的就业，而这，支撑着背后更多留守儿童以及空巢老人的生活。就是这些漂泊异乡卑微的人，以及更多与他们相同的群体，在这个国度，撑起了最基础的制造代工产业，带给这个国家一种叫作人口红利的发展优势。面对很多人对这座城市，甚至对占其中大多数的农民工的抹黑嘲笑，我要说的是，如果你读过书，你应该懂得，你比他们更优越的生活，从一定角度而言，是建立在所有底层农民工艰辛劳作、收入微薄的基础上的。即使这并不需要你心怀感激，但请至少对他们保持起码的尊重。诚然，从小接受良好教育、工作体面、衣着得体、言谈拿捏到位、举止彬彬有礼……谁不想这样呢？谁又愿意在自己最美好的年华里，待在机械化的流水线上做一颗不停运转的螺丝钉？年复一年，看不到一丝未来的明媚，下班了累得只想睡觉。试问谁又天生愿意昼夜颠倒地在酒店里商品似的供人挑选？从某种程度上来说，人或多或少都活在命运的手心里，当你嘲笑抹黑他们时，你其实未必能证明自己比他们更优秀更努力，很多时候，往往只是因为命运在这里，没在那里而已！试问如果你也出生在偏僻的山沟，如果你也初中没毕业就必须辍学，没有人教你谋生的技能，甚至没人教你为人处世的道理，在别的同龄人还在撒娇的年纪，你就必须自谋生路养活自己甚至还要撑起一个家庭的情况下，告诉我，如果是这样，今天你会站在哪里，道貌岸然地发出那些嘲笑诋毁的言辞？

人离乡贱，但不管怎样，只要不伤害他人利益，依赖自己双手糊口养家的人，应该都是值得尊敬的人。是的，不可否认，我们漂泊异乡，我们在城市干着最脏最累最苦最低贱的活，我们衣衫破旧、肩挑背扛，我们灰头土脸，粗鲁市井。甚至也都无须讳言，这座城市产业低端、色情行业泛滥、社会管理不足、社会价值观错位……在这五千年未有之变革时代的前沿，东莞作为典型的制造业城市，所有问题难免首当其冲。然而，在这前所未有的巨额人口流动性生存的社会状态下，这些问题并不只发生在东莞，或者也并不能说只是某一个城市的错。如果说是这个国家崛起所必须经过的一个阶段，是这个时代变革新生的阵痛，那这一切，就是我们民族的痛，是你和我，所有中华儿女的痛！

我是如此深爱着这座城市，当我用文字记下这些往事，想起那一张张或熟悉或陌生的面孔，想起漂泊的艰难，想起那些相逢异乡的温暖情意时，难以自持的感动下，一次又一次禁不住热泪盈眶。这些年里，那些在异乡奔波的脚步、惶恐的面容、汗水浸湿的身影、困顿执着的生存……此时此刻，一张一张画面般地浮现在脑海，浮现在我模糊的双眼之中！当我写下他们的艰辛困顿、迷茫无助，写下他们的局限和痛苦、失落与歧途时，我在想，他们，其实就是我们，一样怀着对美好生活的追求，也一样怀着人性里对真善美的向往，依赖着自己的汗水，艰辛谋生、困顿前行，裹挟在时代的浪潮里，和这个国家一起，在往前走！

也说说这个话题

娼妓作为人类社会最古老的职业，从古至今一直存在，相应的嫖娼行为，在任何社会制度与社会阶层中都屡禁而不止，数千年来，发生在有人类聚集的每一个角落，上至文武贤达，下到贩夫走卒，概不乏人涉足于此。先贤说："食、色，性也。"除去生理需求，嬉戏玩乐、兽性宣泄无疑是其主要原因。承认人性中存在兽性的阴暗面，无疑有助于我们以更开阔的思维，讨论这在任何社会制度下都普遍存在的人类行为。

不论在多偶制还是在单偶制社会制度下，不论是否合法，历来在所有人群中，嫖娼行为都为社会道德所不齿。但凡女人，乐意自家男人在外拈花惹草的，自古都是凤毛麟角，可见嫖娼行为，首先是女人反对；在当下如此开放的社会环境中，人们常说“一起扛过枪，一起嫖过娼”，用以形容男人之间关系的坚固亲密，这中间透露出的另一重信息是，嫖娼作为很隐秘隐私的行径，即使在男性圈子中，也与正统的主流社会观念相违背，耻于人知。

鉴于嫖娼行为在所有人类社会中禁而不止的盛行状况，有社会学家概括性地比喻，说“一样米养出百样人，再怎么庄严华丽的宫殿都有茅房”。言论中，把嫖娼行径只归结于部分人性阴暗人群的立意跃然纸上，然而就这一如此广泛的人类行为，这样概括显然失之偏颇。须知从古至今，嫖客的组成几乎涵盖了所有的社会阶层，坐拥佳丽三千的皇帝，依然微服私访、光顾青楼；沿街乞讨为生的乞丐，凑足铜板，也登临妓院。无数衣食无忧、妻妾成群的社会贤达，仍然热衷于流连花丛。唐朝诗人白居易，贵为诗王，情怀兼济，关注现实的作品传诵千载，但遗留下的部分诗歌，也记载了他不少嫖妓宿娼的经历；民国小凤仙侠名留芳，蔡锷将军护国为民、英雄盖世，然而不可否认，他们之间首先还是妓与嫖的关系。无论智识文采、济世才干，白居易与蔡将军都可谓冠绝一时，而嫖妓与救济苍生的情怀行径却也矛盾地集中在他们身上得以体现。同时，从生物学角度看，男人对待性，具有喜新厌旧、贪得无厌的物种基因，自古帝王，佳丽三千，任谁在龙床上坐下，怕都难以免俗。然而在另一方面，历来倾心瓢饮、至死不渝的奇男子与视红颜为骷髅的出世高人，也比比皆是。人性中的社会属性与物种属性，归属在对待异性这事上，体现得是何等艰深繁复！

也曾听到有人评论，说人类社会中的爱情，不过只是个伪概念，撕掉虚伪的外衣，不过是欲望与繁衍的诉求，所以背离爱情的嫖娼行为才如此普遍。想想这话未必狭促偏激。笔者身处东莞，对这座所谓“性都”中曾经泛滥的性交易活动也略知一二。就自身有限的智识与社会关系而言，我所认识的男性友人，大家闲谈坐论，对嫖娼一事大都不介意聊上几句。当此之时，确也不曾遇见有刻意声明自己从未涉身其间者，然而很明显，大家对娼妓泛滥的社会危害性是有所共识的；再则性疾病的广泛传播，以及产业化、快餐化的性交易活动，较之前人诗词、传奇中嫖妓的雅致、情怀，也确实让人大倒胃口；加之人的社会道德感与智识文化性，因而对绝大多数男人而言，身心合一的爱情，依然是他们最为广泛认可及中意的向往。有趣的是，在某次聚餐闲聊时，一位友人曾在席间酒后笑问，嫖娼和爱情可不可以分成两件事来看？当此之时，群雄在座，半晌毫无声息。

人类社会中复杂无比的各种现象，存在未必就是合理。而无论何种社会制度下，“普遍人性即是天理”，这话也还需要商榷，倘就辨析娼妓存在是否合理而言，就真是仁者见仁，智者见智了，况且不同时代与环境局限下的种种，就又该另当别论了罢。

漂泊

一

我16岁离家，今年33岁了，迄今超过一半的时间，都是独自漂泊在外，为着所谓的学业与事业，在异乡挣扎沉浮。长年远离父母，平时就只断断续续地打些电话问候，年终才见上一面，相聚十天半个月，即又匆匆而别，未能身旁尽孝，未尽人子之责。如今父母已然年迈，作为他们的独子，远在千里之外的我，已经越来越像是只具有象征意义的存在，既没能陪侍身旁、朝夕相处，也不能在他们需要的时候即时出现，嘘寒问暖。细细思量，纵使我在外面能混出点什么成绩，于父母而言，我所带给他们的，都无非只是聊以自慰的资本，又或是茶余饭后吹嘘炫耀的谈资。一念及此，每每午夜梦回，忧伤辗转，不敢自问这一生，还能和父母见多少次面、相聚多少时日。

二

身心无处安放，漂泊的游子，眼中不见朝云晚霞，所处没有分明四季，停靠的每一处站点，都是不知长短得失的逗留。我曾经无数次地搬迁，居无定所，每一次告别，涌起未知的兴奋，仿佛在奔向未来，却也厌烦搬迁的辛劳繁杂，忧心又一次前途未卜的奔波。

多年异乡漂泊中，我结识过数不清的人，在工地、在工厂，在不同的地方、不同的人群之中。所有异乡人的相逢，在彼此眼中，大家都是来历不详的人，拥有着下落不明的未来，无论使我感念还是憎恶，让我顺利宽慰，又或是心酸艰难，这些形形色色的人与形形色色的相逢，终究汇聚成我的今生。漂泊无依，聚散不定，人心难言，前程莫测，不论际遇是劫是缘，只有奋发向上，自求多福，唯愿在异乡的每一个夜晚，安稳入眠。

三

沿着一条路走下去，问询某一个所在，会得到天南地北各种口音的指点，湖南湖北、四川河南、江西广西，繁华的都市，无数异乡人漂泊其中，追寻可以落脚的地方。人离乡贱，漂泊混杂着的，满是孤独、喧嚣、杂沓、艰难，漂泊总是令人尘霜满面、身心俱疲。

人在异乡，没有人会关心你吃饱穿暖了没有，没有人会在乎你是否愉悦安逸，所有人都内心套着枷锁，脸上戴着面具，小心谨慎地将自己隔离。出租屋的隔壁，声息相闻，见面不会打声招呼；工厂宿舍，一起住上三年两载，未必了解彼此的生活；即使很多同居的男女，甚至都不奢谈“爱情”这个字眼，他们只是在异乡彼此靠近，相互温暖，短暂慰籍。

内心疏离，形同陌路，在人心的囚笼里，人人相互提防。

四

日渐繁华的都市里，每一片树叶上都有厚厚的灰尘，每一条河流都污浊不堪，每一张面孔都空洞而疲惫。所有人匆忙急促地张开两条腿阔步向前，一条为名，一条为利。荒漠般的繁华之上，无人论及头上三尺、胸间方寸。辉煌的灯火，璀璨魅惑，众生跻身其间，有人莺歌燕舞，有人若处深渊。繁华之下，无数人忘我追逐，有人道貌岸然，有人猥亵市井，有人在拼爹肆虐，有人在拼命贪图。无论轻易出卖肉体，或是轻易出卖灵魂，没有人在意这条路是否抵达天堂。

五

天地不仁，以万物为刍狗。无尽岁月中，人潮熙熙攘攘，回望千年，被剥夺地权、为税赋律法捆绑在乡土上，生死只做顺民，又或是为变革发展的潮流所裹挟、背井离乡以求谋得更好的生活，都不过是在时代的浪潮里，浪花般地随波逐流、身不由己。

少小离家，异乡为客，不知是否会暂住到老，不敢问自己何日回乡，不愿想起，也无力想起。草民自古蝼蚁般求生，大地广袤，却不知能往哪里去，终究只能一声叹息、彷徨逐流！

爸爸在哪儿

新闻里说，目前全国有超过6000万名留守儿童，这个数量约等于英国的人口总数。他们的父母离开家乡，远赴沿海发达地区务工，平均一年回家两次，每次待上几天，来去匆忙。这些未成年人，无法受到父母在思想认知、价值观念上的言传身教，他们的成长路途上，缺失了父母情感上的陪伴关心及呵护，遇到问题，得不到父母正常及时的疏导和帮助。

有学者的研究报告指出，留守儿童的这种成长路径，极易产生厌学逃学、自卑懦弱的现象；因为情感需求得不到满足，甚至会感觉孤独无靠、怨恨父母；隔代教育和近亲代管的不足，又容易导致行为习惯差，进而影响身心、人格的健康成长，这样一个社会问题，着实令人担忧。而新闻里不时报道出有关留守儿童那些令人悲伤落泪的事件，更是让全社会为之动容。即使不说这部分个案，就留守儿童整体而言，也普遍生活条件差、性格内向，心理上较为自卑柔弱，情感上比较冷漠，对常年不见的父母，甚至都有很大的陌生疏离情绪。因为学习上监管不足、疏于辅导，他们中的很大一部分，甚至刚刚完成义务教育，就不得不辍学外出打工谋生。而他们的父母，很大程度上对此无能为力，只能放任自流。

人伦纲常！难道是这么多为人父母者都如此无情吗？作为社会问题，看到网上讨论时，有奇葩网友发出提问，质疑外来务工人员为什么不回老家去，或者把小孩带到务工城市？想来大家都不是生活在火星上，这种“何不食肉糜”的笑话，当真是叫人无语。他们的父母，如果不是因为艰辛无奈、无能为力，何尝又不想陪伴在自己儿女身边，细心教导培养他们成长呢？

作为对比，不禁想起这几年很火爆的一档亲子节目《爸爸去哪儿》里的那些明星爸妈。在这档节目里，几位明星爸妈带着他们的孩子，在镜头下四处游玩，体验不同的自然风景和生活环境，他们在西部的沙漠中骑骆驼，在东部的大海边钓鱼，在西南地区卖菜凑路费，在华南的村庄感受农家生活……

这个节目的内容本身我并不讨厌，几个明星小孩都很是天真可爱，惹人喜欢，一个很温馨的节目，我自己偶尔也会哼几句它那欢快的主题曲。节目里，明星儿女们的各种展示，以及他们之间的互动沟通，包括明星们各自培养锻炼小孩的方式，引起了整个社会对幼儿教育的热烈关注和讨论。作为个体，他们的价值观和教育方式都无可厚非；依照家庭实际条件，教育培养儿女，找到适合自己家庭的教育理念及方式，这些都很正常；作为父母，对自己儿女穷养、富养，甚至娇生惯养，他人也都无权过分指责干涉。然而，值得引起注意的是，这些明星家庭，完全不能代表中国绝大多数的普通家庭，而在电视节目这个社会公共空间里，他们每次旅行都是豪华汽车接送，拍出明星们一个比一个富丽堂皇的豪宅，拍出明星儿女们漂亮奢华的公主房，拍出他们无数优越的生活细节……这就非常不妥当了，因为从另一个角度看，这何尝不是在赤裸裸的展示炫耀星二代们的娇贵幸福？不夸张地说，这样会不会容易引起另一类儿童的羡慕、攀比、反感甚至怨怼？须知在这同一块土地上，还有数量上亿的父母，远离自己的儿女，背井离乡外出务工谋生。在这些留守儿童眼里，公共媒体通过节目所展示的这一切，让他们情何以堪？

我不是认为应该不顾各自阶层的实际情况，对所有儿童要有绝对平等。那是违反人类社会发展规律的。只是觉得，在对留守儿童是一个很大的社会问题已经取得全社会共识的当下，除了政府的关怀和帮助外，公共媒体是否更应该创建一个有利于他们成长的社会环境和文化氛围？毕竟他们这个年纪，不但非常敏感，而且对事物的认知判断能力，都还有待成熟。

不论家庭条件好或差，成长路途平坦或者崎岖，这些不同出身的孩子，他们毕竟是生活在同一块土地上，如果把一个社会比作是一个独立的生态环境，他们长大后必然会在这里面产生关联、碰撞，直到关系稳定维系达到一种生态平衡。

留守儿童的成长条件相对较差，在可预见的未来，他们的整体受教育程度也会相对偏低，而他们的数量又极为庞大，占全国同龄儿童总数至少三成。李克强总理几度走进偏远山区，探访慰问留守儿童，表明了政府致力于避免使其成为阶层性社会问题的决心。不但媒体应该紧跟政府对他们倾心注力，掌握更多社会资源的先富群体，也应该为日后整个社会的生态平衡，早做铺垫和贡献，因为不论在任何时代、任何社会里，不管你是谁，当你在自己家中合家团聚、共享天伦之时，只有窗外也万家灯火，那才称得上和谐安详。

所以真的希望整个社会都能给留守儿童更大的关注，为他们创建更有利于他们成长的条件和环境，在公共媒体上，应该杜绝过分渲染像《爸爸去哪儿》这类腔调的节目，理由说起来令人心酸，因为有几千万的留守儿童，他们无法拥有父母亲陪伴在身边的关心和教育，更不可能奢望可以围在父母身边，娇滴滴地问爸爸去哪儿。他们的成长岁月中，无数次问起，或者无数次孤独想起的，可能只是：爸爸在哪儿？

我们的人生

生命对每个人都只有一次，古往今来，想必有无数的凡夫俗子、贤达猛士都思索过这么个问题：到底该怎样度过自己的一生？又或者说，怎么样的人生，才能算是成功而有意义的人生呢？

我们的祖先奉行儒学治国，推崇文治武功，所谓立言、立功、立德，三为不朽。可是这条路，当真属于是羊肠小道，几千年下来，其中的佼佼者，为大家所公认而称圣入祠的就那么几个人，伸出个巴掌便能数完。

现如今，我们处于几千年未有之大变革时代，把升官发财视作成功，应该算是绝对主流的公共认知。但很多人置身其中后，却也是浑浑噩噩，并不心满意足、平和安详，更有甚者，当官作恶、鱼肉百姓，为富不仁、蚕食国运，以致恶贯满盈、身败名裂，追悔莫及、人人不齿。这等欲壑难填的人性，当真可谓“身后有余忘缩手，眼前无路想回头”。

而无论在任何时代里，能够跻身于以上两种追求途径，并或大或小略有成就的人，终归都只是人群中的极少数。对于往往只能够作为时代背景符号的碌碌大众而言，他们的人生，或他们所理解的成功人生，又会是怎样的呢？

大概在十年前，我读过一本畅销书，其中描述了徐霞客遍游天下、九死不悔的一生，作者最后下结论说，成功就是依照自己喜欢的方式去度过这一生。我当时对此极为推崇，“大丈夫当朝碧海而暮苍梧”，这般豪情，想来是何等的洒脱快意。但是十年后，待到我年事渐长，在异乡挣扎沉浮，识得世事凶险，见惯冷暖人情，才发觉自己当初的认知，大概不过只是年少意气。

徐霞客是我极为敬佩的先贤，但不可否认，他数十年在外游历的同时，家中有妻有妾，依赖祖上置下的家业，他可以随时回家拿取盘缠，再继续下一段旅程。我这样说，毫无半分贬低先贤功绩的意思，只是觉得我们应该同时认识到，与他处在同一时代的绝大部分人，基本都是为求衣食，劳苦终日。整个大明一朝，所有老百姓都被按民户、军户、匠户等进行了严格的身份划分，这些人终身被律法捆绑在出身上，生死只能做顺民。

即便是现在，近二十年来，我基本都处于漂泊流离的状态，其间遇见过无数和我一样在异乡艰辛劳作、讨口饭吃的人。我们的出身限制了我们的学历，我们的学历限制了我们的工作，我们的工作限制了我们的生存模式，我们的生存模式限制了我们的眼界思维，限制了我们的一生，限制了我们下一代所能受到的教育，甚至限制了我们对下一代的陪伴……

我们每个月盼着领薪水交房租，盼着领薪水保障下一个月的开销，盼着领薪水寄给老家的父母妻儿。我们担心自己失业，我们在失业的恐慌中非常情愿接受哪怕更累一点、更差一点的工作。我们算计着一年到头可以存下多少钱，多少可以用来给父母养老防老，什么时候才能凑够彩礼，到哪天可以付得起首付……别说按自己喜欢的方式生活，就是想待在自己喜欢的地方、有份不那么讨厌的工作，都是奢望！

我并非出身论的拥趸，但我不会睁眼否认从概率上来说，一个人的出身带给他的影响和限制；也不会否认，从概率上来说，我们之中绝大部分人的命运，终归是难以抗争，也无从选择。

我们为求衣食，劳苦终日，只想养家糊口，安身续命，只想讨得生活、繁衍生息！“闲抛金弹落飞鸢，哪信人间有华颠”，无所事事的各种二代，都可以说是我们可望而不可及的羡慕罢了。

如果可以，我们希望不用远离故土，即使漂泊，也希望能有个安顿之所；如果可以，当父母年迈时，我们希望他们都能老有所依；如果可以，我们希望能把儿女留在自己身边接受教育……

唉，扯太散了，人的出身际遇，各不相同，天赋习性，彼此迥异，想来这都无可厚非。“朝为田舍郎，暮登天子堂”，世事难料，人生难以把握的不确定性，从另一个角度看，何尝又不是人世间的精彩所在呢？

倒是说真的，作为社会的底层，我们中的绝大多数人，可能从来都不曾去奢想过什么人生方式及人生意义吧，但我们正在过着这个时代里，最有挑战性的人生！

此方世界

我偶尔会去翻翻天文学之类的书，时常脑洞大开，便会生出些莫名的臆想。

“往古来今谓之宙，四方上下谓之宇”，无边无际的浩瀚之中，一颗蓝色星球孤独地在转动，这上面山川河流、物种繁茂，寒来暑往有序，日升月落轮番，引力归拢往万物，大气层围护着一切。

遥远存在的太阳，牵引着地球公转，通过核骤变，把自身质量化作能量，释放出伽马射线，经过混合作用，改变形态后，以电磁波的形式射向地球，送来光明，也滋养着世间万物。

神奇的地表上，生存着自诩为万物灵长的人类，古往今来，不停挖掘增长自身智慧的过程，也是不断开发提炼地表物质的过程。人力智识、物理科技，契合着地球上存在的种种蕴藏，一同发展，神奇巧合得简直有如一场事先安排妥当的游戏设置。

如果我们愿意承认，应该认识到，我们现今对宇宙的了解，并不比我们的祖先多多少，站在盒子底和摸爬上盒子壁，区别并不大，我们始终还是被扣在这个盒子里，无数人在其中思索着自己的生命和万物的存在，思索着时间，以及空间。

人类从最基本的自身存在于其间的长宽高，定义出三维空间，臆想出不同维度存在的假设，定义零维是点，没有长宽高，一维是线，只有长度，没有宽度高度，二维是面，没有高度。假设存在二维生物，当它望向前方时，便永远只能看到一条线，如同我们人类，当我们望向前方时，便只能看到两个维度。想象一下，比我们更高维度的生物，当它望向前方时，可以同时看全球体的任何一个点面吗？那该会是怎样的一种存在？当我们切实地认识到我们只能够理解三维时，关于其他维度的想象，是否只是我们毫不靠谱的臆想呢？须知即便是我们认为更低一维的二维物体，它们根本也是不存在于我们这方世界的。世间根本没有只有面积而没有体积的事物，当我们在墙上随意画上一笔时，无论用笔、用水，或者只是用自己手上的污渍，它们留在墙上的印迹，都是有厚度的；我们看电视的画面，是由发光二级管构成；分子原子都有体积；中子介子也是球状物……是不是有点失望？我们再接着臆想，如果有比我们更高一个维度的生物存在，对它们而言，过去和未来是否真的同时存在？远处物体的上下前后左右，是否都在它望向前方时的同一个方向？它要回到过去，难道真的就像我们走下山谷？它要去到未来，真的就像我们爬上山峰？说来这些都不过是我们的想象所致，而我们总是容易认为想象力是没有边界的，但是，更高一个维度的生物呢？更更高一个维度的生物呢？它们如果存在，又该会是怎样一番模样？而且，如果人类的想象力只有某个盒子般大小的范畴呢？盒子外的世界，如何再去想象？

所谓想象力，其实也不过是意识的一种体现，而意识是什么呢？主流的认识说，物质决定意识，意识来源于物质，而又不完全等同于物质，意识是主体对客观物质世界的能动反映。意思是说意识不完全等同于物质，只是基于物质而产生。有点迷糊，绕来绕去的，也没说清楚意识是什么，到底是怎样产生的。但显然可以确定的是，人脑产生意识，人脑是客观的物质存在，而人脑各不相同，意识也只归属于个体生命。

在千差万别的意识中，有部分基于自身意识，进而生出另一种想象，他们认为宇宙，包括我们人类的存在，都只是更高级智慧生物所建造的一个虚拟模型，就像电影《黑客帝国》所描述的那样，更高智慧的生物因为某种原因，虚拟设置出了我们这个宇宙。生物按其设置产生自我意识，并在某个阶段发展出智慧和文明，当他们进化到某个更高级阶段，有能力也制造出一个“超级计算机系统”时，他们极有可能又模拟出一个类似于他们所认识的这个宇宙体系，也许是因为想探索自身的来源及进化过程，也许，就只是一个游戏。其中的生命，也沿着设计好的时间规则进化，直到某个阶段，他们也拥有了制造同类型“超级计算机”的能力……如此反复，最原始的原本文明，或许会通过这种方式，使得自己的世界，在虚拟中永不消失！

别认为所有的臆想都毫无可能，从我们人类短短几千年文明发展的历程看，智慧科技的进程不但迅速，而且丝毫不见有边界存在的可能性，我们目前认识到的这个宇宙，存在期限和我们的发展历史相比，真可以说是无比漫长的。今天医院给病人打开胸腔做心脏搭桥手术，对几百年前的人类而言，几乎是不可想象的；我们从计算机的诞生到互联网，再到现在的虚拟智能感应系统，不过只是短短几十年的时间；飞机诞生前，几乎所有人都认为那是不可能的、是违背科学的，而其实只是因为我们当时还没有发现流体力学的存在；从发现DNA结构到克隆羊多利的诞生，只用了50年，那么，500年以后会怎样？5000年、50000年以后又会怎样呢？……

肯定有人会反驳，说目前我们电脑中的虚拟世界的物种，并非三维生物，而人类是三维生物。可是，或许某天我们人类有能力拓展自己的维度呢？或者说，所谓三维，也只是我们的认知，但是，有没有可能，这种自我认知也不过只是更高智慧生物对我们的一个程序设定呢？即使按我们目前的认知，虚拟世界中人物的活动只是程序运行的结果，它们服从决定论，但是，如果足够强大的“超级计算机”系统，它的程序是开放的呢？如果，它们是可以自行进化的呢？

有些烧脑了，讲个网上看到的故事吧，在一个鱼缸里。

小鱼：这个世界真奇妙啊，有光有草，每当我们饿了的时候，食物就从天而降，每当水质变差的时候，水就慢慢地自动换了清水。

大鱼：你认为这是奇妙的自然规律吗？其实所有的规律背后，都有一个操纵一切的力量，这，来自神。

小鱼：你说的神在哪里？我怎么从没见过？我游遍了鱼缸的每一个角落。

大鱼：他不在鱼缸里，甚至都不用生活在水里，你看不见，不等于他不存在。

小鱼：他不在水里？怎么呼吸呢？

大鱼：他呼吸可能并不需要水，他应该是另一种更高级的存在。

小鱼：可是他为什么要白白造就这个世界并给我们食物呢？食物匮乏和时候，我们往往为了获得食物，甚至需要付出生命的代价，他这样做，为了什么呢？

大鱼：神是万能的，这些对他来说，或许很容易。

小鱼：如果神真的存在，那么神是哪里来的？

大鱼：不能因为我们无法理解，就否认神的存在，甚至有一种可能，就是神自己也未必知道自己是哪来的，况且我们是鱼，即使神想告诉我们，我们也未必听得懂……

当我们仰望星空，再回首自身的存在时，这个世界是何等的神奇莫变、难以捉摸！认知都还远远谈不上，更别说把握了。人类啊，真该意识到自身的渺小，或许正如先贤所言：人类一思考，上帝就发笑。

温和地对待这个世界

开车从白马湖边过，碰上了塞车。这地方路窄，空气却是极好，打开天窗抽了根烟，前面还是没点动静，熄火下车，发现前面车并不太多，倒是围了几个人，貌似在吵吵嚷嚷。走上前去，原来是对向的两台车互不相让，杠上了。两个司机都在车下，各自站在自己车头前，指手画脚地争吵。路是双车道，只是靠水库一边零零散散停着些车，虽然有些碍事，但其实也就一小段距离变成了单车道，对向的车，任何一方稍做谦让，便可先后顺畅通行。我急着办事，于是上前做了几句调解。这个时候他们已经开始相互推搡，一个车主停手盯着我，说高佬这里不需要你多管闲事！看着他满脸横肉、气急败坏的模样，真是觉得不可理喻，想想后面车不多，我于是返回去，开始协调倒车绕行。

想起十几年前的一幕，一个蒸笼般的夏日，我和表哥背着包，各自两脚夹着身下的格子塑料袋，手拉着吊环，站在公交车上汗流浃背地摇晃。那个时候，东莞的公交车总是特别挤，等又上来一拨人时，表哥急忙弯腰往里挪动自己的塑料袋，身后的背包不小心撞掉了旁边座位上乘客的眼镜，他急忙转身，惊恐地说对不起。我转身见对方是一个40来岁的大叔，心里也感觉很是紧张。这时表哥接着对他说，叔叔我不小心的。那大叔捡起眼镜，却宽慰地对我们笑了笑，说没事，这是树脂的，不容易烂。我见识过因为一点小摩擦，一言不合就破口大骂，甚至拳脚相向的场景，便很是感激地和表哥一起对他说不好意思，他又宽慰我们说没什么。等到他下车起身时，还微笑着对我们点头致意。是的，十几年后的今天，我依然记得他脸上宽厚的笑容和自己当时浑身轻快的感觉。

那年我20岁，背着简陋的行李，在异乡漂泊，有初入社会的豪情壮志，而其实更多的，是内心的彷徨无助，战战兢兢地站在人群中，内心惶恐，微笑着面对周遭的一切，腼腆地对每一个遇见的人说你好，期待遇见每一个友好的眼神，也单纯地对这个世界充满憧憬，认为艰辛付出必定会有美好收获，认为笑脸迎人，别人一定不会冷眼相对。世界当然不完全是我憧憬中的这般模样，我曾经受过很多的拒绝和打击，也曾遇见很多无端的责怪刁难，甚至偶尔也有心生愤恨，但我一直都铭记着所有对自己年少莽撞不周的善意告诫，也一直感怀所有委婉和善的拒绝。当漂泊日久，年岁渐长，我便越来越多地遇见像自己当初一样的少年，初入社会，那些年轻彷徨的面孔，在际遇有情或是无情的洗礼下，有的得以顺利成长，而有的，慢慢变成用冷漠无畏甚至暴戾凶狠的面具来伪装自己的委屈和无助。也见识过面对周遭许多无心的冒失侵扰，有的人会谦和包容相待，而有的人，却是暴戾相向，毫无半分和善柔软。

对所有年长的过来人，我想，其实水有源头，树都有根，每一个人曾经都有过自己青涩的开始，有过诸多或顺利宽慰或心酸艰难的际遇，当一个人经历过，懂得，你便应该明白，对那些或许只是年轻的莽撞不周，对那些只是无心的小小冒犯，对那些一句好话，互让一步，便可迎刃而解的事端，你应该可以给予足够的谦和包容，而付出的这种柔软善意，其实也是在丰盈自己。是的，在岁月的磨励下，所有年长的人生，并不一定都会丰满自如，但只要艰辛付出，并善意地对待周遭的一切，岁月肯定会给予你相应的敦实和厚重。而对那些经过岁月长河的洗礼，却仍然心怀冷漠暴戾的人，对那些毫无谦和之心，小小事端，一言不合就口出污语，甚至拳脚相向的人，我想其实，或许只是因为，他们曾经并不曾被他人温柔相待过罢了，可怜的人。

异乡

在历史上，从来没有过如此大规模人口迁移、流动性生存的时代，新闻里说，目前中国有超过两亿的青壮年农民工在城市打工谋生。他们的廉价薪酬，吸引了全世界的资本；他们的艰辛劳作，支撑着制造服务产业；他们流逝在城市和工厂里的青春，成就了“世界工厂”，使中国成为最大的商品制造国和出口国；他们卑微的累积，创造了世界第二大经济体。而在他们背井离乡、艰辛廉价的背后，是无数被放置在农村的空巢老人和留守儿童。

中国人自古就说故土难离，不论是科举赶考、短暂离乡的书生，又或是仕途辗转、异地当差的官宦，远离故土的乡愁也都浓烈而哀婉，他们写下“举头望明月，低头思故乡”，写下“仍怜故乡水，万里送行舟”的诗句，引得无数人共鸣，千载之下，依然广为传唱。而对于普通人，背井离乡无疑更是个悲苦的词语，那意味着生活的艰难无依，意味着未来的晦暗难测。人离乡贱，所以老百姓才说“金窝银窝不如自己的狗窝”。实际上，在中国古代，除了温饱无忧、想在天地间一展胸襟的读书人、士大夫阶层外，便只有逢灾遭难、走投无路的人才会离开故土。“背井离乡、卧雪眠霜”，在中国人的传统观念中，离开家乡是一种苦难，是毫不可取的行径，是在没有办法、走投无路的情况下才会选择的一条生存之道！

先贤说“父母在，不远游”，先贤说“子不教，父之过”，当工业化与城市化成为社会发展的主要内容时，无数人在时代洪流的裹挟下异地为生，上未能床前养老，下不能膝前抚幼。然而无论时代如何变迁，终归没有人乐意抛下一家老小追求在异乡颠沛流离的生活，因而也就不难理解无数异乡人对故土的怀念和对回家的渴盼，在每一个年关，汇集成一股股洪流，暴塞着每一条交通线，悸动着大江南北的每一座村庄。无数为了回乡而欣喜、焦急、惶恐、疲惫的面孔，震撼而悲壮。再苦再累，家是安慰；有钱没钱，回家过年。渴盼着与年迈父母、年幼儿女的团聚，他们艰难地奔波在回家的路上，而哪怕在故乡，他们甚至短暂得只能待上十天半个月！

在波澜壮阔的时代下，无数背井离乡的人，在异乡追寻着糊口养家、安身立命，或许也追寻着更为波澜壮阔的人生，却终归是以一种悲伤无奈的姿态，遥望着难离的故土，以及自己的血脉至亲。

让我们坚信，这会是一个伟大的时代！

底层劳动者杂谈

但逢五一，城市里总是到处悬挂着庆祝条幅，工厂、工地等劳动力集中的场所尤为密集，“劳动伟大”“劳动者光荣”之类的标语随处可见，这些政治正确的口号几乎人人认同，虽然事实上没人会乐意自己去工地上搬砖为生且引以为荣。类似于古代“士农工商”的排序，除去社会管理者的士大夫阶层，作为最基础最广泛的农民，他们在意识形态口号里的排位是最高的，然而事实上，“遍身绮罗者，不是养蚕人”“四海无闲田，农夫犹饿死”的诗句千载流传。纵观整个封建社会史，农民遭压迫、受剥削、被歧视的社会地位不言而喻，由此可见，对“劳动”的赞美提升，不过是知识管理阶层出于管理需求、完成自我道德升华的一种衍生品，自上而下，宣导抚慰的目的昭然若揭，其中的“劳动者”，实实在在有其特定的所指所谓，他们便是最底层最为庞大的缺乏生产资料、以体力劳动为谋生手段的人群。

有史以来，与底层主体劳动者相对应的知识管理阶层，毫无疑问，拥有着更高的社会地位与更多的社会资源。他们之中历来也不乏有人对底层劳动者给予关注，“谁知盘中餐，粒粒皆辛苦”，“今我何功德，曾不事农桑”。我丝毫不怀疑他们的怜悯情怀，但实际上，这和口号没有区别，顶多同现如今的高知志愿者，去偏远山区支教三五个月算是一个调调，本质类似于网络上人人对贪腐无能、高额收益的公务员口诛笔伐，但逢国考，却又人山人海，千军万马杀向独木桥；评论里个个对农民工兄弟赞美鼓舞，但要自己投身其中，却都唯恐避之不及。在人类社会中，人性在道德上的认可追寻，与对自身利益的选择，总是如此的矛盾复杂。

不可否认，对人类而言，“劳动是价值的唯一源泉”。简单地说，劳动分为脑力劳动与体力劳动两类，所谓“劳心者治人，劳力者治于人”，自古以来，莫不如是。从以奴隶为劳动主体的奴隶社会，到以农民为劳动主体的封建社会，作为社会主体的底层劳动者，从来都是受残害、受压迫、受剥削的群体。然而回望人类社会数千年的发展史，我们便会发现，人类社会一直随着主体底层劳动者地位的变迁而在不断发展，从没有生命自主权的奴隶，到广遭压迫但有了一定人身自由的封建社会农民，再到对底层劳动者权益达成社会共识并形成法律保障条文的现代公民社会，显而易见，人类主体劳动者的社会地位一直在改善，人类在追求平等的道路上一直在往前迈进，虽然缓慢，但底层劳动者推动着自身社会地位的提升，也推动着人类社会的发展。

作为人类历史上从来不会发声的大多数，作为所有历史事件的背景和符号，无论拥有历史话语权的劳心者如何书写，怎样“光荣”他们，或许都并不重要，从人类社会诞生起，所有的底层劳动者，他们构建了世界，他们创造了衣食住行等等一切人类生存的必需品，他们的劳动，养活了不论怎样看待劳动以及不论是否劳动的所有人！

天下兴亡　匹夫有责

“天下兴亡，匹夫有责”，源出顾炎武。“保国者，其君其臣肉食者谋之；保天下者，匹夫之贱与有责焉”，大概意思是说，朝政兴衰，为帝王将相的职责，而国家兴亡，人心世风怎样，则事关每一个人，无论贤良愚丑、败夫走卒概莫能外，既有关系，也有责任。

儒家尊崇入世，影响中国人数千年，所谓责任，从大的方面说，历来以天下为己任者，比比皆是。“安得广厦千万间，大庇天下寒士俱欢颜”，背后是一个文人心怀天下的责任心；“僵卧孤村不自哀，尚思为国戍轮台”，背后是一个年老力衰处境危难的老人不忘报国的责任心；“居庙堂之高则忧其民，处江湖之远则忧其君”，背后是一个仕途坎坷的官员忧国忧民的责任心；“苟利国家生死以，岂因祸福避趋之”，背后是在民族处于危难之际，一个变革图强者试图力挽狂澜的责任心；“身无半亩，心忧天下”，背后是一个不得志的士子，在微末之时便“义与天下共安危”的责任心；“为中华之崛起而读书”，背后是一个少年的胸怀气魄，是他立志要让自己族群自立于世界民族之林的责任心……这些人立功立德，影响了无数人。他们的情怀行径，改变了无数人甚至改变了国家命运。而在他们之下，生活在同一块土地上的卑微百姓，历史上也曾无数次在国家危难之时挺身而出，离我们最近的80年前，在山河破碎、种族即将要被奴役之际，无数农家儿郎、年轻学子，抛家舍身，为国赴难，以血肉之躯筑成战壕，图存之勇有死无退，用鲜血和生命换来了我们民族的独立和新生。我们族群先辈的这些行径，为“天下兴亡，匹夫有责”并非大而无当之词，做出了最好的证明。

所以说，这句话当然并非只是一种情怀。我们再小而言之，从你我身边来看，人生在世，每个人都有自己的责任：作为父母，养育儿女是责任；作为儿女，赡养父母是责任；作为官员，造福一方百姓是责任；作为警察，除暴安良、伸张正义是责任；作为水厂职员，让水质安全达标便是责任；作为公交车司机，把乘客安全送达目的地也是责任……诸如此类，我们每个人，在各自承担起自己责任的同时，你含辛茹苦养育儿女，因为相信他们会为你养老送终；你被盗被抢会立即报警，因为你相信警察会为你伸张正义；你坐在公交车上安心玩手机，因为你相信司机会尽心开好车；你打开水龙头就用水，因为你相信水厂职员不会在水里下毒。这一切都源于你在潜意识里知晓，并信任他们在各自所处职位上的责任担当。和平年代，人们对社会的感受会更为繁杂细腻。常听人说，当下社会，信仰缺失、价值观混乱、道德低迷、仁义不张。可是，如果发生一场雪崩，责任自然是归属在每一片雪花身上，同样的道理，一个社会整体的文明程度，一个社会整体的生存环境，是由所有身处其间的人共同参与构建而成。试想，如果每个人都尽心负起自己的责任，以“天下兴亡，匹夫有责”的心态，用自身行径影响身边人、影响所处环境，那便又会是怎样？须知每一个个体的责任担当，便是你我共处其间的天下！而如果有一天，你被盗被抢了，不屑选择报警，你每天打开水龙头，都心怀疑虑，你觉得身边每个人都面目可憎，你认为高等教育培养出来的社会精英都只是精致的利己主义者，那么，这肯定不是某一个人或某一群人的问题，这是所有人的责任出了问题。

人性天生自私，但从原始人的集体狩猎到一场事关民族存亡的战争，从一个集体的和谐共处到一个社会的文明风气构建，其间无数的事例反反复复在证明着同一个真理：决定一场狩猎战果多寡，决定一场战争胜负，决定一个社会文明风气、生存环境到底会是怎样的，往往是在其由无数天性自私的个人组成的集体中，有多少数量的个体，会克制自己极端自私的天性！有多少数量的个体，会为自己所处的生存环境承担起更大的责任！有多少数量的个体，会为了集体选择宽厚包容、和谐共利的心态！有多少数量的个体，会更多地以利他甚至以牺牲自我利益的行径存在于其中！

这便是我所理解的天下兴亡，匹夫有责。

尊重

人与人之间的尊重，源自于某种层面上本质性的平等。

人，生而参差不齐、命运迥异。命，可谓先天造化；运，实为后天际遇。百样人生，祸福参半，喜忧不类。有人花前月下，有人万丈深渊；有人锦衣玉食，有人流离失所；有人大气豪爽、心怀开阔、一掷千金，有人狭隘市井、为斗米折腰低头。彼此凝望，难免傲慢偏见。然而生存环境不同，习性观点迥异，妄论他人行为观点及价值，不但毫无资格，而且难免偏颇，所以尊重，是设身处地，是理解包容。在西方，谓之人道；在中国，是为仁，荀子言：仁者必敬人。

人与人的不同，就本质性而言差异极小，承认彼此差别迥异的背后，往往更深刻真实的原因，很多时候，只是因为命运在这里，不在那里而已。

市井倾轧，尝闻弱者泣极而言：须知我们也有老婆小孩，也是父母生养。此言实为普世价值至理明言，闻者无不动容，表达与感动，都是基于生而为人所共有的情感上最本质的归属性。

人为群居动物，从原始部落集体狩猎，到形成息息相关的现代社会状态，初衷都是为了集体生活更有效率，为了所有人的福祉更有保障，而每一个人对他人存在价值的普世尊重，是维系社会生活最结实的纽带。身在其中，每一个个体，在本质上，实为互相帮衬、共与沉浮的关系。

叔本华说，要尊重每一个人，不论他是何等的卑微可笑，要记住，活在每个人身上的，是和你我相同的性灵！

工地

我总以为，工地是一座城市雄浑、粗犷的所在。

塔吊，孤独地耸立在城市上空，伸出长长的吊臂，钢丝绳带着沉重、结实的吊钩滑向地面，吊着楼房，一层一层往上拔。天晴时，工地上喧嚣炙热、尘土飞扬；下雨时，工地上坑坑洼洼、满地泥泞。没有统一的工装，颜色各异的安全帽下，一张张不同的脸庞，带着疲惫，滴着汗水，在其间艰辛劳作。电焊声、落锤声、马达声、混凝土振动泵的嗡嗡声，夹杂着工人的吆喝声，此起彼伏。行走其间，柴油味、钢铁味、模板的漆木味、混凝土的生腥味扑面而来，集中、原始的体力劳作，散发出一股股雄性的生机勃勃，透过汗水蒸发在空气中。每一只敲锤的手，每一只握着灰铲的手，每一个拖着斗车汗水浸湿的背影，每一道抬着钢筋步履蹒跚的脚步，背后都带着各自宿命般不为人知的故事，在工地艰辛劳作，依赖汗水，靠双手挣得生活。

十几年来，东莞这座城市于我而言，就是一个又一个的工地，以及其间一张张或清晰或模糊的和我一样漂泊不定的面孔。我们和这座城市一起成长，却卑微在她的繁华之中，状若浮萍，聚散无常。

不论往来出处，工地收留所有的人，这里不需要证件，民工、学生、小偷、骗子、流浪者、逃犯……形形色色，无数衣食无着、走投无路的人在这里落脚。在大家眼里，工地没有门槛，这里是安身之处、是中转站、是庇护所、是跳板，对那些不知道晚上住哪里、明天吃什么的人，工地仿佛庙宇一般，敞开大门，接纳所有的人。

工地不需要心计手腕，不需要钩心斗角，不需要拍马溜须，不需要趋炎附势。工地只需要卖力干活，做一天才会有一天工钱。工地没有周末休息，没有节假日，看老天爷脸色，下暴雨刮台风了，才稍有闲暇。辗转在一个又一个工地，十几年来，我从一个青涩少年成长为撑起一个家庭的男人。在南方的十几年，我一直站在工地上，站在自己的汗水里，无论取舍，习惯了只弯腰不低头！工地上所有的喧嚣声，响起在每一个劳作的白日，也响起在那些异乡漂泊无依的深夜里！

游走在一个又一个工地，艰辛困顿，但却从来没有过流浪的感觉。想起那些和我一样漂泊其间、依赖自己汗水挣得生活的人，总觉得工地是那么的滋养人、那般丰盛，像是置身于广阔的原野，闭上眼睛，我仿佛能闻到稻田与草垛清香的气息。

他乡人（代跋一）

我永远

都只是两条腿

一条腿　钉牢在故乡厚重的泥土里

一条腿　漂泊在他乡不定的风雨中

命运　来回摇摆

梦里　故乡是躯体中伫立的站牌

梦里　他乡是灵魂上延伸的铁轨

东南西北

东南西北

故乡的东南西北都是延伸的铁轨

他乡的东南西北尽是伫立的站牌

三月的桃花　在故乡的内心中纷纷扬扬
九月的候鸟　在他乡的瞳孔里起起落落
故乡是江南　草长莺飞
他乡是大漠　金戈铁马

虎门（代跋二）

当历史在这块土地　一再掀开新的篇章
我们的相逢　并非误打误撞
虎门大道上车来车往　我站在路边　也曾彷徨
我的头发很乱　被海风吹得没有方向
我站在路边　也曾迷惘
人流潮水一般

威远岛上情怀伟岸　当硝烟散尽　岁月改变
漆黑深沉的那座塑像　依旧注视着这边
他燃起的火　穿越时光　仍然照在你我身上
古老炮台下　写满了屈辱
而今青天碧海里　虎门大桥气势如虹

我们相逢携手　处处流连
漂泊那么久　才遇到你的臂膀
我想用我的过往　温暖你的明天
我想用漂泊　搭建起梦想
我的漂泊　是否会有港湾
我的漂泊　是否会带我去到　一个有你也在的明天

海风扬起你的发梢　拂动我的心到老
但愿驻留在你心底的　永远是最初的那个少年
海风轻拂的　是你的温柔我的梦想
海风席卷的　但愿是所有的寂寞和悲伤
我们可不可以就这样地老天荒
就这样地老天荒

2018年3月
于东莞虎门虎彩印艺股份有限公司